KB095081

십이천문
十二天門

십이천문 3
허담 新무협 판타지 소설

초판 1쇄 찍은 날 § 2018년 12월 20일
초판 1쇄 펴낸 날 § 2018년 12월 27일

지은이 § 허담
펴낸이 § 서경석

총괄팀장 § 최하나
편집책임 § 김경민

펴낸곳 § 도서출판 청어람
등록번호 § 제387-1999-000006호
등록일자 § 1999. 5. 31
어람번호 § 제2-2763호

주소 § 경기도 부천시 부일로 483번길 40 서경B/D 3F (우) 14640
전화 § 032-656-4452 팩스 § 032-656-4453
http://www.chungeoram.com
E-mail § chungeorambook@daum.net

ⓒ 허담, 2018

ISBN 979-11-04-91897-1 04810
ISBN 979-11-04-91872-8 (세트)

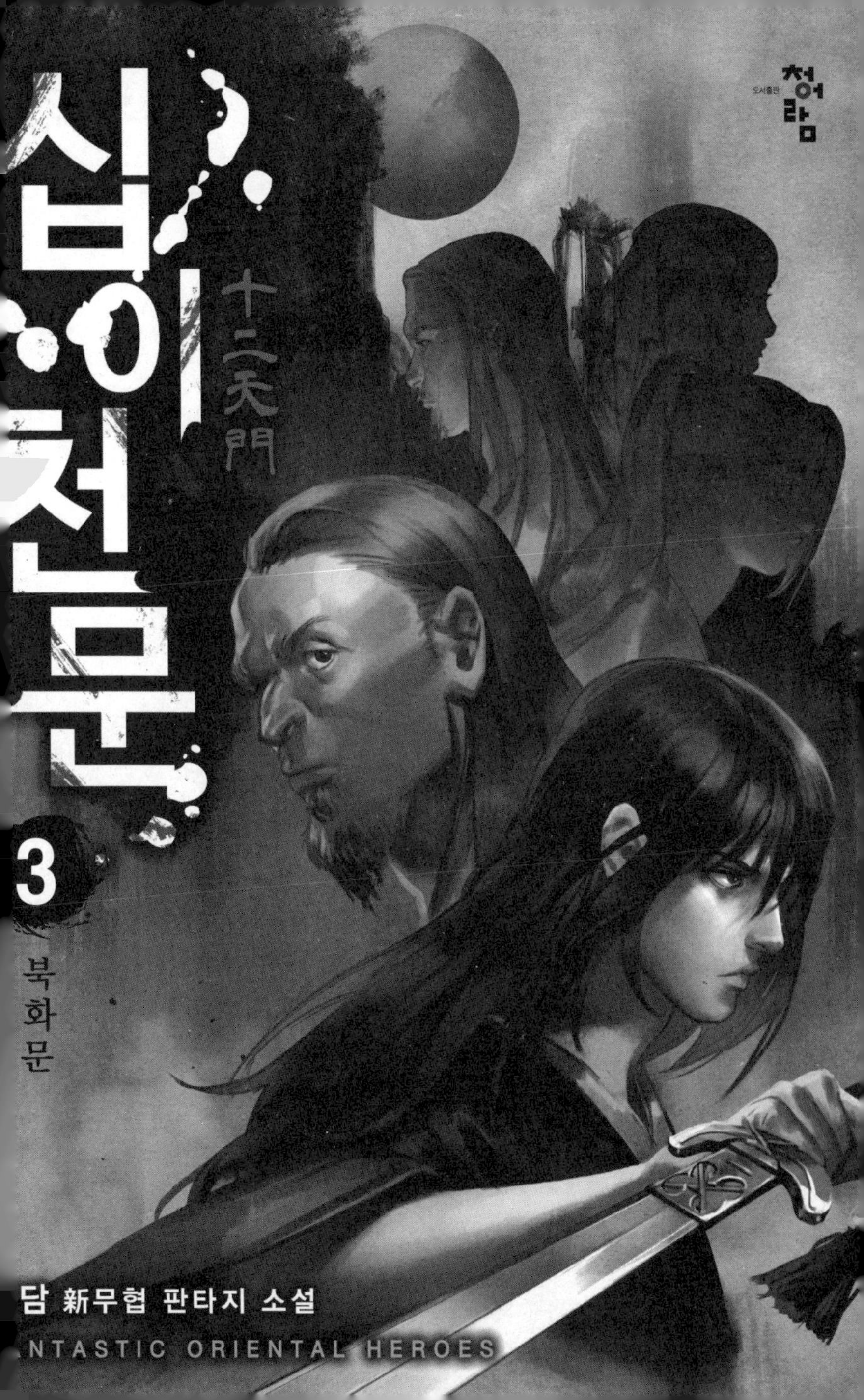
도서출판 청어람
십이천문
十二天門
3
북화문
담 新무협 판타지 소설
NTASTIC ORIENTAL HEROES

십이천문

十二天門

目次

제1장
십이천문

　산과 산 사이를 굽이쳐 흐르는 강물이 보였다. 노련한 사공이 아니면 멀리 가지 못하고 배가 뒤집어질 만큼 거친 급류였다.

　"저 강이군요."

　적월이 우울한 표정으로 입을 열었다.

　"음, 그렇구나."

　불사 나왕이 고개를 끄떡이며 대답했다.

　세 개의 바위 봉우리가 하늘을 떠받치는 기둥처럼 서 있는 산 중턱에 다섯 사람이 모여 있었다.

　불사 나왕과 적월, 자왕 사송과 유왕 서리, 그리고 유왕 서리의 제자인 공예도 위태로운 산 중턱에서 산 아래 경치를 바라보고 있었다.

　산의 이름은 우공산, 과거 딱히 본거지를 두지 않았던 십이지방의 고수들이 그나마 일 년에 한 번이라도 모두 모일 수 있었던 장소였다.

그리고 이곳에서 혈월야의 밤이 있었고, 십이지방의 주요 고수들이 모두 살해되었다. 누가 왜 그런 일을 벌였는지는 지금도 무림의 의문에 싸여 있었다.

아니, 사실은 무림에서 십이지방이라는 첩부 조직이 있었다는 사실 자체를 아는 사람도 극소수였다. 그러니 그들에게 벌어진 혈사는 더더욱 세상에 알려지지 않았다.

다만 십이지방의 존재를 알고 있던 무림맹의 주요 수뇌들이나 혹은 강호의 현자들만이 혈월야의 그 참혹한 사건을 어렴풋이 눈치채고 있을 뿐이었다.

적월로서는 처음 오는 자신의 뿌리와 같은 곳이다. 자왕 사송의 말로는 적월이 태어나던 날 이곳에서 십이지방 열두 고수들이 큰 잔치를 벌였다고 한다.

십이지방의 열두 고수들은 하나같이 뛰어난 무공 고수이면서 또한 아주 별난 성정을 지닌 사람이었다.

그들은 사람들과 섞이는 것을 꺼려했고, 대신 홀로 세상을 주유하는 것을 즐겼다. 덕분에 비록 우공산이 십이지방의 근거지 같은 곳이라지만 열두 명의 고수가 이곳에 모두 모이는 것은 일 년에 며칠 되지 않았다.

그 외의 시간은 삼삼오오 짝을 지어 강호를 여행하거나 혹은 홀로 깊은 산속에 은거해 무공을 수련하곤 했다.

그런 별스러운 성격의 사람들이었기에 혼인을 해 가정을 이룬 사람도 없었다. 오직 적월의 부모인 인왕 몽전과 묘왕 이화령 두 사람만이 부부의 인연을 맺어 가정을 이루었을 뿐이다.

그러니 당연히 열두 고수들 중 후손을 본 사람들도 그들 두 사람밖에 없었다.

그래서 적월이 태어나기 전 몇 달 동안은 십이지방의 고수들 모두 청부도 받지 않고 이 우공산에 머물렀다고 한다. 그렇게 적월은 십이지방의 고수들에겐 중요한 존재였던 것이다.

"누군가 나를 데리고 저 아래로 내려갔겠군요."

적월이 말했다.

십이지방이 멸문하던 혈월야의 밤, 적월은 작은 배에 실려 우공산 아래를 흐르는 격류 속으로 밀어 넣어졌다.

사실 뱃사공도 없이 다섯 살짜리 아이를 배에 태워 격류에 밀어 넣을 때는 아이의 생사를 하늘에 맡긴 것이라고 할 수 있었다. 그리고 그 선택은 그것만이 흉수들에게서 아이를 살리는 유일한 방법이기 때문이었을 것이다.

아마도 그러기 위해 십이지방의 고수 중 누군가는 분명 적월을 데리고 산 아래 강변까지 내려갔을 것이다.

"내 생각에는 신왕 대형께서 널 데리고 내려가셨던 것 같다. 배가 있던 강변 부근에서 대형의 잘린 팔이 있었으니까."

자왕 사송이 침울한 표정으로 말했다.

"오왕 오라버니의 시신도 그곳에 있었잖아요."

서리가 거들었다.

"음, 그렇긴 하지. 그 두 분 형님들이 널 탈출시키려고 산을 내려갔을 가능성이 크다."

사송이 적월을 보며 말했다.

"그럼 다른 분들의 시신은 모두 이곳에 있었소?"

불사 나왕이 주변을 돌아보며 물었다.

"그렇소이다. 물론 한곳에 있던 것은 아니었소. 하지만 이 공터에서 이십여 장을 벗어난 사람은 없었소. 신왕과 오왕, 두 형님을 제외하고는 말이오."

"음… 그렇다면 적지 않은 숫자가 기습을 했다는 뜻인데… 누구도 멀리 탈출하지 못했다는 건 그만큼 포위망이 단단했다는 뜻 아니겠소?"

"맞소이다. 자랑은 아니지만 십이지방을 만든 우리 열두 사람은 모두 절정의 무공을 지니고 있었소. 그중에서도 특히 대형이신 신왕 형님과 몽전 형님, 그리고 진왕이셨던 제천문 형님의 무공은 무림에서 절대고수의 반열에 올랐다고 해도 과언이 아니었소. 다른 사람들도 제각기 각자만의 독특한 능력과 무공을 가지고 있어서 우리 모두를 제압하는 일은 결코 쉬운 일이 아니었소. 솔직히… 난 아직도 의문이오. 어떤 자들이기에 우리 형제들을 상대로 혈월야를 벌일 수 있었는지……."

자왕 사송은 지금도, 아무리 많은 고수들이 동원되었다 해도 십이지방에 속해 있던 고수들을 몰살하는 것은 불가능한 일이라고 여기는 듯했다.

"저도 그게 의문이에요. 단 한 사람도 살아남지 못하다니… 이해할 수 없어요."

유왕 서리도 고개를 저으며 말했다.

그러자 불사 나왕이 대답했다.

"어떤 특별한 술책에 당했을 수도 있소. 예를 들면 독이라거나… 혹은 특별한 살수들이 동원되었을 수도 있고……."

"살수들 따위에 당할 형제들이 아니오."

자왕 사송이 단호하게 말했다.

"살수들이 무공만으로 사람을 상대하는 것은 아니지 않소?"

불사 나왕이 반문했다.

"아무리 그래도 겨우 살수들에게……."

"내가 그리 생각하는 이유가 있소. 사 대협의 말처럼 비록 숫자는 적어도 십이지방의 고수분들은 하나같이 절정의 무인들이었소. 그런 사람들을 모두 제압하려면 많은 숫자의 무리들이 동원되어야 하오. 그것도 아주 뛰어난 자들로 말이오. 그런데 그 당시는 막 칠마의 난이 끝났을 무렵이었소. 마인들의 잔당을 추격하는 일에 강호의 모든 전력이 동원되던 시절이란 뜻이오. 그런 시절에 십이지방의 고수들을 몰살시킬 만큼 많은 숫자의 고수들이 동원되었다면 절대 무림맹의 눈을 피할 수 없었을 거요."

"음……."

나왕의 말에 사송이 반박을 할 수 없는지 나직하게 신음 소리만 냈다.

"아주 잘 짜여진 각본. 피할 수 없는 살검… 뭐, 그런 것들이 동원되지 않았다면 결코 일어날 수 없는 일인 거요."

"그건 불사 대협의 말씀이 맞는 것 같아요."

유왕 서리가 나왕의 의견에 동조했다.

그러자 나왕이 다시 물었다.

"혹, 당시 어떤 단서라도 발견된 것이 없었소? 적들이 흘리고 간 병장기라든가… 적의 시신이라든가… 분명히 적들도 상당한 희생을 치렀을 텐데……."

그러자 사송이 고개를 저으며 대답했다.

"없었소. 정말 어떻게 그렇게 피 한 방울 남기지 않았는지 의아할 지경이었소. 음… 그러고 보니 불사 대협의 말씀을 인정하지 않을 수 없구려. 살수들이 아니라면 그렇게 자신들의 흔적을 말끔히 지울 수는 없는 일이지."

사송이 당시의 기억을 떠올리는 것조차 괴로운지 얼굴을 찌푸리며 말했다. 그러나 나왕은 사송의 괴로운 기억을 계속해서 떠올리게 만들었다.

"그럼 돌아가신 분들의 몸에 남아 있던 상처는 어떻소?"

그러자 사송이 대답했다.

"그것들은 모두 기록해 두었소. 내 머리를 믿지 못해서 한 사람, 한 사람의 몸에 어떤 상처가 났고, 어떤 무기에 당했는지 모두 기록해 두었소. 그 결과로 보자면 역시 한 사람에게 당한 것은 아니었고, 무공도 각양각색… 솔직히 말하자면 나와 서리 동생이 지금껏 한 일은 당시 형제들의 몸에 남아 있던 상흔의 흔적을 찾아다니는 일이었소. 강호에서 혈사가 벌어진 곳이라면 어디든 가서 시신들을 살폈소. 하지만 지금까지 어떤 죽음에서도 당시 우리 형제들이 당했던 상흔과 연결 지을 만한 죽음을 발견하지 못했소이다."

사송이 우울한 표정으로 대답했다.

"내게도 보여주실 수 있소?"

불사 나왕이 말하자 사송이 고개를 끄떡였다.

"물론 그래야지요. 이젠 모두 한 식구인데……."

사송의 대답에 불사 나왕이 심각한 표정으로 사람들을 둘러보며 말했다.

"이제부턴 모두 극도로 조심해야 할 것이오. 우리 십이천문이 십이지방의 뒤를 잇는 문파라는 것이 알려지는 순간 혈월야의 흉수들이 움직일 가능성은 충분하오. 물론 그걸 위해 십이천문이 필요한 것이지만."

나왕의 충고에 사송이 대답했다.

"그야 당연한 일이지요. 그들이 과연 모습을 드러낼지……."

"두고 봅시다. 그런데 난 청부업은 처음이라 그런데 일을 어떻게 시작해야 하오?"

나왕이 사송에게 물었다.

그러자 사송이 빙그레 미소를 지으며 대답했다.

"다른 건 몰라도 그 일은 내가 불사 대협보다 나으니 나만 믿으시오. 몇 달 지나지 않아 강호에 우리 십이천문에 대한 소문이 은밀히 퍼져 있을 것이오."

*   *   *

"십이천문?"

면사의 여인이 되물었다.

그러자 그녀를 중심으로 좌우로 줄지어 앉아 있던 다섯 여인 중 한 명이 공손하게 대답했다.

"그렇습니다."

"그런 청부문이 있었나요?"

"최근 들어 생긴 청부문인 듯합니다만……."

그러자 면사의 여인이 질책하듯 말했다.

"본 문의 중대사를 논하는 자리예요. 그런데 겨우 신생 청부문을 거론한단 말인가요? 삼화, 이 일의 엄중함을 모르나요?"

면사 여인의 질책에 지적을 받은 여인이 머리를 조아리며 대답했다.

"제가 어찌 이 일의 중요성을 모르겠습니까? 다만… 십이천문이라는 청부문이 조금 특별해서 드린 말씀입니다. 그 특별함이 이번 본 문의 위기에 큰 도움이 될 것 같기도 하고……."

삼화라 불린 여인이 말꼬리를 흐렸다.

"특별하다? 어떻게 특별하단 건가요? 그들이 무림의 십대고수라도 제거했나요?"

여전히 질책의 기운이 느껴지는 질문이다.

"십대고수를 제거한 것은 아니지만, 십대고수에 들 만한 고수가 그곳에 있다는 소문을 들었습니다."

"뭐라고요?"

면사 여인이 깜짝 놀란 듯 삼화라 불린 여인을 바라봤다.

"불사 나왕이라고……."

"불사 나왕! 설마 그가 그곳에 있다고요?"

"확실한 것은 아니지만……."

탁!

순간 면사의 여인이 강하게 자신 앞의 서탁을 내려쳤다.

"삼화! 불확실한 사실을 근거로 본 문의 명운이 달린 일을 결정하자는 것인가요? 더군다나 불사 나왕 같은 인물이 청부문에 몸을 담을 리가 없지 않은가요? 비록 그가 송가장을 떠났다고 해도… 그는 누가 뭐래도 무림맹의 영웅이에요. 청부문과는 어울리지 않는 사람이지요."

"물론 저도 처음에는 그렇게 생각했습니다. 하지만 여러 방면으로 알아본 결과 그가 십이천문이라는 문파에 몸을 담고 있는 것은 구 할 이상 확실합니다."

"구 할… 삼화, 그대가 구 할이라고 말한다는 것은 곧 십 할을 뜻하는 것이겠지요?"

"……"

삼화라 불린 여인이 침묵으로 대답을 대신했다.

그러자 면사 여인이 손에 이마를 짚으며 중얼거렸다.

"대체 어떻게 불사 나왕 같은 사람이 청부문에……"

도저히 이해할 수 없다는 여인의 말투에 삼화라는 여인이 다시 입을 열었다.

"십이천문이라는 청부문의 성격이 다른 청부문과 조금 다른 것과 관련이 있는 듯합니다."

"다른 청부문과는 성격이 다르다고?"

지금까지 침묵을 지키고 있던 여인들 중 면사의 여인과 가장 가까이 앉아 있던 여인이 물었다.

"네, 이화 언니! 십이천문은 다른 청부문과 달리 살인 청부를 받지 않는다고 해요."

"살인 청부를 받지 않는다고? 살문이 아니란 뜻인데, 강호에서 청부라 함은 구 할이 살인 청부인데 살인 청부를 받지 않는 문파가 어찌 유지될까?"

"그건……."

삼화라 불린 여인이 대답을 하지 못하고 우물거렸다. 그러자 면사의 여인이 말했다.

"금자를 모으려고 만든 문파가 아니라는 뜻이지요. 다른 목적이 있다는 뜻입니다. 불사 나왕… 뭘 하려는 걸까?"

면사 여인이 고개를 갸웃하며 중얼거렸다.

"어쨌든 살인 청부를 받지 않는다면 그들에게 청부를 맡길 수는 없는 일 아닐까요? 이 일에 관여하면 반드시 피를 보게 되어 있는데……."

이화라 불린 여인이 면사녀에게 물었다.

그러자 삼화가 다시 대화에 끼어들었다.

"살인 청부를 받지 않는다고 해서 반드시 살인을 하지 않는다는 뜻은 아닙니다. 듣자 하니 그들의 최근 청부 중에는 명운장의 표물에 대한 은밀한 비밀 호송 건이 있었는데, 당시 적산채의 도적들이 그 표물을 노리다가 일곱이나 죽었다고 합니다. 그러니……."

"자신들이 맡은 일을 수행하기 위해서 필요하면 살인을 하기도 한다?"

"그렇습니다. 다시 말하면 단지 금자를 위한 명분 없는 살인은 하지 않는다고 해야 정확할 듯합니다."

"그렇다면 이야기가 달라지는군요."

일화가 다시 면사녀를 보며 말했다.

그러자 면사녀가 잠시 생각에 잠겼다가 신중하게 입을 열었다.

"좋아요. 그들로 하죠."

"괜찮을까요?"

"다른 무엇보다 불사 나왕이란 존재가 있어요. 우리 일이 반드시 피를 볼 수밖에 없는 일인 것 같긴 하지만, 불사 나왕이라면… 혹시 피를 보지 않고 이 일을 해결할 수도 있을 것 같고……."

"그자들이 설마 불사 나왕이 있다고 스스로 물러나겠습니까? 우리 북화문의 기업 중 세 곳이나 문을 닫게 만들고 루주들을 납치했는데요. 이미 사람도 여럿 죽었고……."

"이화께서는 복수를 원하는 건가요?"

"……."

면사 여인의 물음에 이화라 불린 여인이 입을 열지 않았다. 그러나 그녀의 얼굴에는 단호한 빛이 보였다. 무슨 일인지 모르겠지만 복수를 원하는 것이 분명했다.

"복수를 하고자 한다면 우리 문파 모두가 나서야 해요. 그렇게 되면 반드시 세상의 관심을 끌게 되겠지요. 지금 강호의 많은 문파들이 우리 화문을 노리고 있어요. 이럴 때 혈사를 일으키는 것은 강호의 강자들이 화문의 일에 개입할 빌미를 줄 수 있어요. 일이 어떻게 될지 모르지만 일단은 조용히 문제를 해결할 수 있도록 노력해야 해요."

"하지만 죽은 아이들은요?"

이화가 반발하듯 물었다.

"나중을 기약해야지요. 불사 나왕이 이 일을 승낙한다면 적어도 그는 이 일의 배후에 누가 있는지까지는 알아낼 거예요. 그들의 정체를 안 이후에는, 차분하게 화문의 복수가 시작됩니다. 아주 오랜 시간이 걸려도 천천히 말이에요. 그게 화문의 방식이잖아요. 일단은 그들이 누군지. 그리고 왜 화문을 욕심내는지 알아야 해요. 그래야 협상을 하든 어쩔 수 없이 싸우든 결정할 수 있어요."

날카로운 안광이 면사를 뚫고 나오는 듯했다. 그러자나 이화라 불린 여인이 고개를 숙이며 대답했다.

"죄송합니다. 제가 감정을 앞세워 문주님의 깊은 뜻을 이해하지 못했습니다."

"모두들 잘 들어요. 우리 화문이 가진 최고의 강점은 인내예요. 잠시의 굴욕, 아니, 형제들의 죽음조차도 견뎌내는 인내. 그 인내력이 오늘의 화문을 만들었고, 미래의 화문도 만들 거예요. 하지만 굴욕의 끝에는 언제나 화문의 피할 수 없는 검이 우리 적들을 찾아갈 겁니다. 그러니 모두 멀리 보고 인내하세요."

"예, 문주!"

다섯 명의 여인들이 일제히 고개를 숙이며 대답했다.

그러자 면사녀가 고개를 한 번 끄떡이고는 삼화라 불린 여인에게 명을 내렸다.

"청부의 건은 삼화에게 맡기겠어요."

"명을 받습니다."

삼화라 불린 여인이 대답했다.

"금자 일천 냥까지 사용을 허락하겠어요."

"그렇게까지⋯⋯."

"불사 나왕이라면 그 정도는 써야지요."

면사녀의 말에 삼화라 불린 여인이 말없이 고개를 숙여 보였다.

그러자 면사녀가 이번에는 이화라 불린 여인을 보며 물었다.

"이제 다음 문제를 논의해 보죠. 그런데 그녀는 무공을 모른다고요?"

"아주 모르는 것은 아닙니다. 도검을 쓰는 법을 배우기는 한 것 같지만 너무 늦은 나이에 시작해 성취가 그리 대단치 않답니다. 수련한 지 삼 년이 되지 않았다고 하더군요."

이화가 말꼬리를 흐렸다.

"그럼 애초에 본 문 칠화의 자격에 맞지 않는 사람 아닌가요?"

"무공으로 보자면 그렇습니다."

"그 말은 다른 특별한 능력이 있다는 뜻이군요."

면사녀가 신중한 음성으로 물었다.

"가장 먼저 강단이 있습니다. 개봉의 흑도 무리들이 숱한 협박을 했음에도 불구하고 자신의 춘몽원을 세 개로 늘렸습니다. 유곽의 역사에서 춘몽원처럼 빠르게 성장한 유곽은 없지요. 이건 곧 그녀에게 강단뿐 아니라 특별한 상재도 있다는 뜻입니다. 이것이 두 번째 이유입니다. 아시겠지만 우리 화문에선 상재를 무공의 능력과 동등하게 인정하지 않습니까?"

"그래도 칠화의 일인으로는 조금 부족하군요."

면사녀가 말했다.

"물론 자격으로 보자면… 하지만 제가 굳이 문주님께 그녀를 천거하는 세 번째 이유는 그녀의 심성 때문입니다."

이화가 말했다.

"강단에 대해서는 이미 말하지 않았나요?"

면사녀가 되물었다.

"일을 처리하는 강단을 말씀드리는 것이 아니라 유곽의 여인들을 대하는 마음을 말씀드리는 겁니다. 춘몽원의 여인들은 그녀를 절대적으로 신뢰하고 있다고 합니다. 기녀라 해도 함부로 대하지 않고, 기녀를 함부로 대하는 손님을 아예 유곽에서 내보낸다고 하더군요."

"음… 그건 쉽지 않은 일인데."

면사녀가 관심을 보였다.

"어쨌든 그런 심성을 보자면 우리 화문에 어울리는 사람이라고 판단이 되었습니다."

이화의 말에 면사녀가 잠시 생각에 잠겼다가 입을 열었다.

"좋아요. 만나보죠."

"감사합니다, 문주님!"

"아니에요. 화문에 필요한 사람이라면 오히려 내가 감사할 일이죠. 날을 정해 데려오세요. 아니, 내가 가보죠. 일단 내 눈으로 그녀를 살펴봐야겠어요."

"알겠습니다. 그리 준비하겠습니다."

이화가 대답했다.

그러자 면사녀가 다른 여인들을 보며 말했다.

"오늘의 모임은 이것으로 끝내겠어요. 다음 모임은 십이천문이란 곳과 청부의 계약이 성사되면 그때 다시 하겠어요. 그때까지는 모두들 조심하세요. 그자들이 다시 공격할 수도 있으니까."

"예, 문주!"

여인들이 일제히 고개를 숙여 대답했다.

                    *   *   *

한 명의 어린 시녀와 두 명의 호위 무사를 거느린 여인이 황하 변에서 마차를 세웠다.

마차에서 내린 여인이 강변의 작은 포구인 하룡포의 선착장으로 다가가더니 이곳저곳에 늘어앉아 강을 건널 손님을 기다리고 있던 뱃사공들을 살핀 후 그중 한 명에게 다가갔다.

"배를 좀 빌려 타려 하는데요?"

여인을 대신해 시녀가 뱃사공들을 바라보며 말했다.

그러자 삼삼오오 모여 앉아 수다를 떨거나 주사위 놀이를 하던 뱃사공들이 고개를 돌려 여인 일행을 바라봤다.

"강만 건너실 거요? 아니면 상류나 하류 어느 마을로 가시려는 거요?"

뱃사공 중 나이가 느긋해 보이는 초로의 노인이 물었다.

가는 곳에 따라 타고 갈 배가 달라지는 모양이었다.

"쌍괴협으로 가려고요."

순간 노인이 눈빛이 살짝 변했다.

"거긴 뭐 하러 가시오? 마을도 없고, 노련한 어부들도 가기를 꺼리는 험한 곳인데?"

노인이 의심스러운 표정으로 물었다.

"만날 사람이 있어요."

여인이 짧게 대답했다.

더 이상 이유를 묻지 말라는 표정이다.

"흠… 이보게들! 쌍괴협이라네. 갈 사람이 있나?"

노인이 뱃사공들을 돌아보며 소리쳐 물었다.

그러자 뱃사공들이 저마다 시선을 회피했다. 아마도 노인의 말처럼 배를 몰고 가기에는 너무 험한 곳인 듯싶었다.

"허허, 이 사람들! 배가 불렀구먼. 요즘 들어 손님이 제법 있다 싶으니까 험한 곳엔 가고 싶지 않다 이건가?"

노인이 혀를 찼다.

"어르신, 쌍괴협에 갔다가 죽은 자가 오 년 내 다섯입니다. 겨우 배나 빌려주고 밥이나 먹고사는 우리가 목숨 걸고 손님을 모셔갈 곳은 아니지요."

"그야 실력 없는 자들 이야기고."

"수적들도 있지 않습니까?"

"최근 들어 수적을 보았다는 말은 듣지 못했네."

"그럼 어르신께서 가십시오. 우린… 자신 없습니다."

"허! 나 같은 늙은이에게 미룬다?"

"아예 가지 못한다고 하시든지요."

중년 뱃사공이 퉁명스레 대답했다.

그러자 노인이 고개를 저었다.

"그건 또 내 자존심이 허락하지 않지. 하지만… 어려운 곳이니 뱃삯은 좀 셀 거요."

노인이 여인을 보며 말했다.

"뱃삯은 걱정 마세요."

여인이 대답하자 노인이 무겁게 몸을 일으키며 말했다.

"좋소. 갑시다."

노인이 나서자 여인이 자신이 모시고 온 면사로 얼굴을 가린 여인에게 다가갔다.

"준비되었습니다."

그러자 면사 여인이 가볍게 고개를 끄떡였다.

그 모습을 보고 있던 노인이 소리쳤다.

"뱃삯은 선불이오."

"얼마죠?"

시녀로 보이는 여인이 물었다.

"은자 닷 냥!"

"정말 비싸군요."

"내가 말했잖소. 제법 셀 거라고."

노인의 말에 시녀가 말없이 노인에게 다가가 전낭에서 은화 다섯 개를 꺼내 건넸다. 비싸다고 했지만 여인 일행에게는 그리 큰 액수가 아닌 모양이었다.

"좋아. 이제 갑시다. 따라오시오."

별 실랑이 없이 뱃삯을 받자 기분이 좋은지 노인이 호기롭게 소리치며 배들이 묶여 있는 선착장 끝으로 걸어가기 시작했다.

여인 일행을 태운 배는 금세 하룡포를 떠났다.

하룡포는 그리 크지 않은 포구지만, 그래도 크고 작은 배 이십여 척이 정박해 있는 포구라 포구를 중심으로 한 개의 객잔과 두 개의 주점이 오가는 손님을 상대로 장사를 하고 있었다.

그 두 개의 주점 중 한 곳에서 노인이 모는 배가 강의 중심으로 나가는 것을 지켜보는 자가 있었다.

"새로운 일거리가 생기는 건가?"

작은 술병을 앞에 두고 홀짝이던 사내는 십이천문의 고수 자왕 사송이었다.

사송은 배가 강의 중심으로 나가 하나의 점으로 변할 때까지 배에서 시선을 떼지 않았다. 그러다 더 이상 배의 움직임을 살필수 없을 때가 되자 탁자에 놓여 있던 술병을 들어 단숨에 병을 비웠다.

"커어! 좋아. 이제 일 좀 해볼까. 뒤를 쫓는 자들도 없는 것 같고… 나쁘지 않군."

사송이 품속에서 동전 세 개를 꺼내 탁자에 놓고는 빠르게 주점을 벗어났다.

＊　　　　＊　　　　＊

쌍괴협은 근방의 뱃사람들에겐 금역이나 다름없는 곳이다.

두 개의 거대한 절벽 사이에 위치한 쌍괴협은 일 년 내내 거친 급류가 일어나는 곳으로, 급류에 휘말려 배와 사람을 잃기 십상인 곳이었다.

최근 몇 년 사이에도 제법 많은 사람들이 쌍괴협의 급류에 휘말려 죽음을 당했는데, 그럼에도 불구하고 간혹 이곳으로 배를 몰아오는 사람들이 있었다.

그들은 대충 두 부류로 나눌 수 있었다.

한 부류는 사람의 발길이 닿지 않아 풍부한 어장이 형성된 쌍괴협의 물고기를 노리고 오는 노련한 어부였고, 다른 한 부류는 쌍괴협의 급류를 지나면 열리는 하북으로의 지름길을 통과하기로 결심한 마음 급한 여행객들이었다.

그중 죽음을 맞는 대부분의 사람들은 지름길이라고 택해 온 여행객들이었다.

그리고 오늘 또 한 무리의 여행객들이 작은 돛단배에 몸을 싣고 쌍괴협을 거슬러 오르고 있었다.

철썩철썩!

돛단배는 마치 바다에 나간 것처럼 위태롭게 흔들렸다. 배에 탄 사람들이 공포에 사로잡혀 힘줄이 드러날 정도로 배의 난간을 부여잡고 있었다.

그러나 배를 모는 노인은 무척 여유가 있었다. 가끔 콧노래도 흥얼거리는 것이 마치 배에 탄 여행객들의 어려움을 즐기는 것처럼 보일 정도였다.

"아직 멀었나요?"

하룡포에서 노인에게 배를 빌린 젊은 여인이 콧노래를 흥얼거리는 노인에게 소리쳐 물었다.

"거의 다 왔소."

"얼마나 가야 되죠?"

"쌍괴협을 빠져나가는 것이 아니라니 일각이면 도착할 거요. 그런데… 대체 잠룡대에는 왜 가려는 거요? 거기서 절벽 사이로 난 소로를 따라 쌍괴협 위로 올라가려면 보통 힘든 일이 아닌데."

"그건 노인께서 걱정하실 일이 아니에요."

"허! 뭐 그렇긴 하구려."

노인이 심드렁하게 대답을 하고는 기분이 상했는지 더 이상 질문을 하거나 콧노래를 부르지 않고 배를 모는 데 열중했다.

일각여를 더 이동하자 배가 쌍괴협 우측 절벽 사이에 있는 커다란 바위 밑으로 향하기 시작했다.

철썩!

바위 밑으로 밀려드는 파도 소리가 끊이지 않고 들려왔다. 그러나 다행이도 그 파도는 지금까지 겪었던 쌍괴협의 거친 물살과는 달랐다.

바위 아래로 흐르는 물이라 그런지 급하지도 않고, 소용돌이도 없었다. 배를 대기에는 안성맞춤인 곳이다. 물론 일행이 타고 있는 정도의 작은 배만 댈 수 있는 공간이었지만.

쿵!

한순간 돛단배 앞쪽에 두껍에 말아놓은 가죽 뭉치가 큰 바위 아래에 부딪혔다. 아마도 이런 식의 접안을 위해 만들어놓은 가죽 뭉치인 모양이었다.

"자, 이제 다 왔소. 여기가 잠룡대요."

"이 바위가 잠룡댄가요?"

젊은 여인이 머리 위에 그늘을 만드는 커다란 바위를 가리키며 물었다.

"그건 아니고, 이 바위 위쪽으로 나 있는 작은 길을 따라 일각만 오르시오. 그럼 잠룡대가 있소. 특별히 안내할 필요도 없을 거요. 가보면 누구라도 금세 잠룡대인 걸 알 수 있으니까."

"알겠어요. 수고하셨어요."

젊은 여인이 머리를 꾸벅 숙이며 말했다.

"아, 뭐 이게 내 일인데. 그럼 조심해서들 가시오. 아 참, 그런데 어떻게 돌아가실 거요?"

노인이 물었다.

"그건 걱정 마세요. 쌍괴협 위로 올라가 육로로 이동할 테니까."

"결국 하북으로 가시는 모양이구먼. 알았소. 그럼 좋은 여행하시오."

노인의 말이 끝나자 여인 일행이 서둘러 배에서 내렸다. 그러고는 뒤도 돌아보지 않고 바위 위쪽으로 걸음을 옮기기 시작했다.

그러자 그 모습을 보고 있던 노인이 중얼거렸다.

"이것 참… 벌이가 괜찮기는 한데, 어째 불안하군. 몇 달 전부터 쌍괴협으로 오는 손님들이 갑자기 나타났단 말이야. 그전에는 삼사 년에 한 번 있을까 말까 한 일이었는데… 대체 이 쌍괴협에 무슨 일이 생긴 거지?"

노인이 불안한 시선으로, 머리 위쪽으로 구름처럼 내려앉은 거대한 바위를 올려다보며 중얼거렸다.

작은 전낭이 수십 척 절벽 중간에서 툭 튀어나와 위태롭게 매달려 있는 바위 위에 놓였다.

바위 뒤쪽으로 햇빛이 들지 않는 어두운 공간이 있었고, 그 안쪽으로 다시 사람 하나 드나들 만한 동굴이 괴물처럼 자리 잡고 있었다.

탁탁탁!

전낭을 바위 위에 내려놓은 여인이 미리 준비해 온 대나무 조각으로 손뼉을 치듯 세 차례 맑은 소리를 만들어냈다.

그러고는 훌쩍 뒤로 물러나 면사로 얼굴을 가린 여인 옆에 긴장한 표정으로 섰다.

잠시 침묵이 흘렀다.

휘이잉!

때때론 강 쪽에서 불어온 바람이 매섭게 절벽 사잇길을 타고 올랐다. 그러나 일행은 미동도 하지 않고 전낭만 바라보고 있었다.

그렇게 일각여의 다시 시간이 흘렀다. 하지만 역시 장내에선 어떤 변화도 일어나지 않았다.

그러자 지루함을 참지 못하겠는지 바위 위에 전낭을 올려놓은 젊은 여인이 면사로 얼굴을 가린 여인에게 물었다.

"삼화 님, 혹시 잘못 알고 온 것 아닐까요?"

"아니, 내 정보는 확실하다."

면사녀가 대답했다.

"그런데 왜 아무런 반응도 없는 거죠?"

"아직 일각밖에 지나지 않았어. 조급해 말거라."

면사녀가 침착한 목소리로 말했다.

"하지만 사람이 있다면 바로 나타났어야 하지 않을까요?"

"아령! 본래 이런 일을 하는 사람들은 신중에 신중을 기하는 법이란다. 그러니 기다려."

"하지만 뭐… 청부 살인도 아니고……."

젊은 시녀가 마냥 시간이 가는 것이 못마땅한지 다시 투덜거리는데 갑자기 바위 뒤쪽 어두운 동굴 속에서 사람의 목소리가 들렸다.

"십 장 아래로 내려가시오!"

"아!"

나이와 성별을 짐작하기 어려운 목소리가 들리자 아령이라 불린 젊은 여인이 놀라면서도 한편으로 반가운 표정으로 목소리가 들린 동굴 쪽을 바라봤다.

그리고 무슨 말인가를 하려고 입을 열려는데 그녀의 소매를 잡은 면사녀가 그녀를 길 아래로 끌어내렸다.

"일단 그들의 말대로 하자."

면사녀가 말하자 아령이란 여인과 두 명의 중년 호위 무사들이 면사녀의 명에 따라 바위가 있는 곳에서 십여 장 아래까지 이동했다. 그러자 동굴 속에서 검은 그림자가 나오더니 들쥐를 사냥하는 매처럼 재빨리 바위 위에 놓인 전낭을 집어 들고 다시 어둠 속으로 사라졌다.

그리고 잠시 후, 어두운 동굴 속에서 다시 정체가 모호한 목소리가 흘러나왔다.

"확인했소. 올라오시오."

목소리가 들리자 아래로 내려갔던 면사녀와 그녀의 일행이 다시 바위 근처로 올라왔다.

그러자 다시 동굴 속에서 목소리가 흘러나왔다.

"청부자는 북화문의 문주, 오신 분은 북화문 칠화 중 삼화

맞소?"

"맞아요."

면사녀가 대답했다.

"청부는 어떤 종류요? 알고 있겠지만 우리 십이천문은 살인 청부는 받지 않소."

"알고 있어요."

면사녀가 다시 대답했다.

"청부 내용을 말해보시오."

"이곳에서 말인가요?"

면사녀가 되물었다. 비록 외진 곳이기는 하지만 비밀스러운 청부를 하기에는 너무 개방되어 있었다.

"다른 사람이 들을 염려는 없소. 이곳은 십이천문의 땅이요."

동굴 속에서 무심한 목소리가 흘러나왔다.

"얼굴을 보고 거래를 할 순 없을까요?"

면사녀가 다시 물었다.

"그걸 원하시오?"

"그래요. 우리 화문의 청부는 제법 복잡해서 서로 얼굴을 보며 이야기를 해야 할 것 같아요. 그리고 청부가 수락되면 어차피 서로 얼굴을 보게 될 것 아닌가요."

"물론 그렇긴 하지만 아직은 청부 계약이 체결된 것이 아니지 않소?"

"그래서 얼굴을 보기 어렵다는 건가요?"

"음… 이곳에선 어렵소. 하지만 굳이 얼굴을 보고 청부를 하겠다면 한 가지 방법은 있소."

동굴 속 목소리가 대답했다.

"어떻게 하면 되죠?"

면사녀가 물었다.

"온 곳으로 다시 내려가시오. 그럼 그곳에 또 다른 배가 기다리고 있을 거요. 그곳에서 눈을 가리고 본 문의 형제들이 있는 곳으로 가면 되오. 그럼 우리 얼굴을 볼 수 있을 거요."

"무례하고 위험한 요구군요."

"그 정도 위험은 감수해야 계약 전에 우리의 얼굴을 볼 수 있소. 위험을 감수한다는 것은 속임수가 적다는 의미기도 하니까."

"북화문을 의심하나요?"

면사녀가 차갑게 물었다.

"북화문을 의심하는 게 아니라 사람을 의심하는 거요. 본래 사람이란… 어쨌든 선택하시오."

말을 하다 말고 동굴 속 인물이 결정을 강요했다.

그러자 면사녀가 잠시 생각에 잠겼다가 입을 열었다.

"좋아요. 그렇게 하죠."

"삼화 님!"

아령이란 여인이 놀란 표정으로 면사녀를 바라봤다.

"괜찮을 거다. 걱정 말거라."

면사녀가 아령이란 여인을 안심시켰다. 그러고는 동굴 속을 보며 물었다.

"여기서 얼마나 걸리죠?"

"반 시진!"

짧은 대답이 동굴에서 흘러나왔다.

"좋아요. 그럼 반 시진 뒤에 만나죠."

면사녀가 대답을 하고는 일행을 데리고 절벽 아래로 다시 내려갔다.

북화문의 삼화가 일행을 데리고 쌍괴협 아래 거대한 바위 근처에 도착하자 기이하게 생긴 배 한 척이 그들을 기다리고 있었다.

언뜻 보기에는 평범한 어선 같았지만, 자세히 보면 그 가운데 사람이 여럿 들어갈 만한 크기의 선실이 기형적으로 크게 만들어져 있었다.

더군다나 선실은 창문조차 없어서 안에 들어가면 전혀 밖을 볼 수 없는 구조였다.

"저걸 타고 가야 한단 건가요?"

시녀 아령이 북화문 삼화를 보며 겁먹은 표정으로 물었다. 그러자 삼화가 담담하게 대답했다.

"걱정 말거라. 본래 청부문의 행사는 이렇게 비밀스러운 것이다. 타면 되나요?"

아령을 안심시킨 삼화가 배 위에서 검은 천으로 얼굴을 가리고 있는 사공에게 물었다.

그러자 사공이 고개를 끄떡이며 말했다.

"오르시오. 배에 오르면 바로 선실로 들어가 준비해 놓은 천으로 눈을 가리시오."

사공의 말에 따라 북화문 삼화와 그 일행이 급히 배에 올라 사방이 막혀 있는 선실로 들어갔다.

그러자 그들을 태운 배가 격류가 흐르는 쌍괴협을 중심으로 흔들거리며 이동하더니 빠르게 쌍괴협을 빠져나가기 시작했다.

제2장
북화문의 청부

 얼마 전까지 북두산문의 임시 본거지로 쓰였던 장원은 빈집처
럼 적막했다.

 그도 그럴 것이 백완이 이끄는 북두산문의 문도들이 만무회
와 검산파와의 협상을 끝내자마자 이곳을 떠났기 때문이다.

 이후 그녀의 종적은 한동안 묘연했다.

 그러다가 풍문에 의하면 북두산문의 본거지였던 백가산 장원
이 대대적인 수리에 들어갔다는 이야기가 있어 그녀와 북두산문
의 문도들이 백가산 장원으로 돌아갔을 거라는 사람들도 있었
지만, 그 부근에서도 그녀의 모습을 본 사람은 없다고 알려지고
있었다.

 아무튼 그래서 북두산문이 떠난 이 작은 장원은 개봉의 작은
상인에게 싼값에 팔린 것으로 알려졌다.

그러나 사실 장원은 십이천문의 것이 되었다. 개봉을 떠나면서 백완은 십이천문에게, 정확하게는 불사 나왕에게 장원을 선물했다.

개봉을 떠나면서 그녀는 명확한 청부의 대가를 요구하지 않는 불사 나왕의 태도에 찜찜한 마음을 가진 듯 애써 이 장원을 십이천문에 선물했다.

물론 정당한 청부의 대가는 언제든 달리 요구하라는 말을 남기기는 했으나, 그래도 이 장원을 선물한 것으로 어느 정도 불사 나왕에 대한 청부의 빚을 갚았다고 생각하는 것 같은 그녀였다.

그렇게 얼떨결에 선물받은 장원은 그래서 자연스럽게 십이천문의 비밀스러운 첫 번째 거처가 되었다.

청부문의 거처란 것이 본래 세상의 이목을 받으면 안 되는 것이라 장원에 십이천문의 현판을 걸 수는 없었다. 대신 십이천문의 사람들은 그저 작은 상인의 것으로 알려지게 된 장원을 은밀하게, 그러나 대대적으로 고쳐 나갔다.

나무를 울창하게 심어 멀리서는 장원의 모습이 아예 보이지 않게 만들었고, 장원의 지하에는 여러 개의 석실과 비도를 만들었다.

그 모든 것은 자왕 사송이 계획하고 실행했는데, 그는 자신의 별호처럼 땅속에 길을 내고 구조물을 만드는 데 탁월한 재능을 보였다.

그 와중에도 십이천문의 청부업은 시작되었다. 시작은 아주 작은 것부터였다.

개봉 성내에서 장사를 하는 상인들의 어려움을 조용하게 해결해 주는 것으로 청부업을 시작한 십이천문의 사람들은 금세 성내 시전 상인들에게 자신들의 이름을 부각시켰다.

그러자 조금씩 청부의 무게가 커지기 시작하더니 급기야 오늘 장강 이북의 화류계를 장악하고 있다는 북화문으로부터 청부가 들어왔다는 소식이 전해졌다.

북화문의 청부는 십이천문에겐 무척 중요한 의미가 있었다.

지금까지 그들이 행한 청부가 크고 작은 상인들의 시비를 해결하는 것이었다면, 북화문의 청부는 십이천문이 본격적으로 무림의 일에 연관된 청부를 받게 되었다는 뜻이기 때문이다.

그래서 북화문의 청부를 받기 위해 출행한 자왕 사송을 제외한 나머지 네 사람 모두 장원 서북쪽으로 이어진 가파른 절벽 위에서 북화문의 사람이 오는 것을 바라보고 있었다.

북화문의 사람을 태운 배가 북쪽 강변에 도착하는 것, 그리고 눈을 가린 북화문의 사람들을 이끌고 자왕 사송이 절벽 사이로 난 작은 길을 따라 올라오는 것을 보고 있던 공예가 문득 입을 열었다.

"이건 너무 번거로운 일 같아요."

"뭐가?"

적월이 물었다.

"어차피 우리 십이천문은 살수의 문파도 아니고, 또 세상에 우리 얼굴을 숨기고 청부 일을 하는 것도 아닌데 군이 청부를 하려는 사람을 이렇게 복잡한 절차를 거쳐 데려와야 한다는 것 말이에요."

공예가 몇 차례 단계를 거쳐 청부자들을 장원으로 데려오는 것을 이해할 수 없다는 표정으로 말했다.

그러자 유왕 서리가 엄한 표정으로 말했다.

"모든 일에는 다 그 이유가 있는 법이다. 그리고 본래 청부 일이란 것은 그게 어떤 종류의 것이든 위험한 법이다."

"청부 일이 위험한 건 알아요. 하지만 청부를 한 사람들은 곧 우리 얼굴을 알게 되잖아요?"

"물론 사람들에게 우리의 존재를 완전히 숨길 수는 없다. 살인 청부를 하는 것이 아니라서 결국 사람들과 섞여 일할 수밖에 없으니까. 하지만 이렇게 복잡한 단계를 거치는 것은 청부자들에게 우릴 숨기려는 게 목적이 아니라 누구든 우리 장원에 쉽게 접근하는 것을 막으려는 목적인 것이다."

"왜 그래야 하죠?"

공예가 의아한 표정으로 물었다.

"우공산의 일을 잊었느냐?"

유왕 서리가 정색을 한 얼굴로 물었다.

그러자 공예가 두려운 표정을 지으며 되물었다.

"설마… 다시 그런 일이 일어날 수도 있단 뜻인가요?"

"얼마 지나지 않아 강호에 우리 십이천문에 대한 소문이 퍼지게 될 것이다. 북화문의 청부가 왔다는 것이 그걸 증명하는 것이지. 그렇게 되면 혈월야의 원흉들도 십이천문에 대해 알게 될 거다."

유왕 서리가 말했다.

"그들이 다시 우릴 공격할 거라는 거죠?"

"나와 자왕 오라버니가 살아 있다는 걸 알고 있으니까. 더군다나 우리가 혈월야의 혈사를 결코 잊지 않았다는 걸 알고 있을 테니까."

"하지만 그동안 그들은 두 분을 공격하지 않았잖아요?"

"공격을 하지 않은 것이 아니라 못한 것이다. 우리 지난 십수 년간 철저히 숨어 살았으니까. 하지만 이젠 다르지. 물론 이건 우리가 선택한 것이긴 했지만……."

유왕 서리가 어두운 표정으로 말했다.

"그들을 불러내기 위해 십이천문을 열었다는 건 알고 있어요."

공예가 다부진 표정으로 말했다.

"그러니 어찌 준비를 하지 않을 수 있겠느냐? 적어도 기습은 당하지 말아야지. 그러자면 우리를 숨기지는 못해도 이 장원을 숨기려는 노력은 해야 한다. 그래서 이런 번거로움이 필요한 거야. 까다로운 청부 절차를 지키지 않고 바로 이곳을 찾는 자가 있다면, 그건 곧 경계해야 하는 자들이란 뜻이니까."

"그렇군요. 아무 의미 없는 일이 아니었군요."

공예가 고개를 끄떡였다.

그러자 묵묵히 두 사람의 대화를 듣고 있던 불사 나왕이 말했다.

"이제 들어가 봅시다. 손님을 맞을 준비를 해야 할 것 같소이다."

"그러시죠."

자왕 사송이 데려온 북화문의 청부자들이 비탈길의 중턱까지 올라온 것을 보고 유왕 서리가 고개를 끄떡였다.

스르릉!

둔탁해 보이는 석문이 열리자 조심스러운 발걸음으로 북화문의 삼화와 그 일행이 석실로 들어왔다.

석실 안쪽은 사람의 얼굴을 제대로 보기 힘들 만큼 어두웠지만, 오직 한 곳은 위로 난 구멍을 통해 밖의 빛이 들어와 중앙의 석탁을 환하게 밝히고 있었다.

자왕 사송이 북화문 일행을 빛이 들어오는 자리에 앉혔다. 그리고 말했다.

"이젠 안대를 벗어도 되오."

그러자 삼화를 비롯한 북화문 사람들이 답답했다는 듯 안대를 벗으며 한숨을 내쉬었다. 그러고는 재빨리 주변을 살폈다.

눈이 석실의 어둠에 금세 익숙해지면서 그들의 반대편에 앉아 있는 두 사람이 보였다. 그리고 조금 더 시간이 흐르자, 그 두 사람 뒤에 세 사람이 서 있는 것도 눈에 들어왔다.

앞에 앉아 있는 두 사람의 얼굴은 그럭저럭 윤곽을 볼 수 있었지만, 뒤에 서 있는 세 사람은 겨우 남녀의 구분만 가능했다.

"신분을 다시 확인하겠소. 북화문의 삼화, 명 부인 맞소?"

자왕 사송이 물었다.

그러자 면사로 얼굴을 가린 북화문의 삼화가 놀란 듯한 기색을 보였다.

"제 이름을 알고 있군요?"

"청부업을 하자면 소식이 빨라야 하니까."

"그래도 놀랍군요. 우리 북화문의 칠화는 이름을 사용하지 않은 지 오래인데……."

"아무튼, 본인 맞소?"

자왕이 다시 물었다.

"맞아요. 제가 북화문의 삼화 명옥연이에요."

"좋소. 얼굴을 볼 수 있겠소?"

자왕 사송이 다시 물었다.

"꼭 보여 드려야 하나요?"

"본인임을 확인해야 하니까."

자왕 사송이 짧게 대답했다.

그러자 명옥연이 다시 놀란 모습을 보였다.

"그 말은 제 얼굴을 알고 있단 뜻인가요?"

"어쩌면."

역시 짧은 사송의 대답이다. 사실 사송이 북화문의 삼화 명옥연의 얼굴을 알 리 없었다. 그럼에도 불구하고 그녀의 면사를 벗게 하려는 것은 자신들을 찾아온 이 청부자들에게 혹시라도 속임수가 없는지를 가늠해 보기 위함이었다.

면사를 벗어 자신의 얼굴을 드러낸다면 적어도 최소한의 신뢰감을 가질 수 있었다.

"좋아요. 뭐, 크게 숨길 이유가 있는 것은 아니니까."

명옥연이 결정을 내리고는 시원하게 면사를 벗었다. 그러자 그녀의 아름다운 얼굴이 드러났다.

삼십 대 중반의 원숙한 아름다움이 묻어나는 명옥연이다. 그러면서도 눈빛은 뛰어난 무공을 지닌 것을 숨기지 못해 날카롭게 빛나고 있었다.

그런 명옥연을 십이천문의 사람들이 한동안 주시했다. 그러다가 문득 불사 나왕이 물었다.

"무슨 일을 청부하실 것이오?"

"청부를 받겠다는 뜻인가요?"

"내용에 따라."

나왕이 짧게 대답했다.

"확약을 해주지 않으면 자세히 말하긴 곤란해요."

"말하고 싶은 만큼만 하시오. 듣고 나서 결정을 할 테니까."

나왕이 말했다.

"좋아요. 그렇게 하죠. 결론적으로 말하자면 누군가의 정체를 알아내는 일이에요."

"정체를 알아낸다라. 그 말은 북화문에 정체 모를 적이 생겼다는 뜻이구려."

"역시 노련하시군요."

명옥연이 고개를 끄떡였다.

"어떤 자들이오?"

나왕은 오직 필요한 말만 하라는 듯 다시 질문을 던졌다.

"그들이 처음 나타난 것은 두 달 전이에요. 낙양에 있는 화문 소속의 주루에서 사람들을 해하고 루주를 납치해 갔어요. 한 달 전에는 개봉에 있는 유곽에서 역시 같은 일을 했고요. 그때 까지는 아무런 요구를 하지 않았었죠. 그러다가 보름 전 본 문 십 대 주루 중 한 곳인 개봉 일월루의 루주를 다시 납치했어요. 당시에는 우리도 조심을 하고 있었고 일월루주는 사실 무공도 뛰어난 사람이었는데, 그들은 결국 일월루주를 데려갔어요. 그리고 그때서야 요구 조건을 남겼죠."

"요구 조건이 무엇이었소?"

자왕이 청부가 문제가 아니라 북화문의 루주들에게 일어난 이 기이한 납치 사건 자체가 궁금한지 서둘러 물었다.

"북화문의 무조건적인 복종이었어요."

명옥연이 은은한 분노를 드러내며 말했다.

"무조건적인 복종이라. 그럼 역시 무림 세력이란 뜻인가?"

자왕 사송이 중얼거렸다.

재물의 이득을 원하는 것도 아니고, 누군가의 목숨을 취하려는 것도 아니었다. 흉수들이 원한 것이 북화문 자체라면 역시 무림에서 세력을 넓히려는 자들의 짓일 가능성이 컸다.

"우리도 그렇게 짐작하고 있어요. 그 움직임의 은밀함은 뛰어난 무공 고수들이 아니면 보여줄 수 없는 것이기도 하고……."

"몇이나 왔었소?"

불사 나왕이 물었다.

"정확한 숫자는 알 수 없지만 일월루에 왔던 자들은 다섯 정도였어요."

"고수군."

불사 나왕이 중얼거렸다.

나왕도 북화문에 대해선 어느 정도 알고 있었다. 무림의 세력으로 인정하지 않은 사람들이 많지만, 나왕이 보기에 북화문은 분명 무림의 세력이었다.

남북으로 분열되기 전, 화문의 힘은 웬만한 무림문파를 능가한다는 평가를 받았다. 화문에만 전해지는 무공 역시 대성하면 절대의 반열에 오를 수 있다고도 알려져 있었다.

그런 사람들이 모여 있는 곳이 단지 여인이 중심이 된 세력이라서, 혹은 그들의 뿌리가 유곽이나 주루에서 일하는 사람들이라서 무림문파로 인정받지 못한다는 것은 단지 무림인들의 오만일 뿐이었다.

그런 의미에서 보자면 화문의 고수들이 준비를 하고 있었음에도 단 다섯 명의 숫자로 북화문 십 대 주루에 들어가는 일월루의 루주를 납치해 갔다는 것은 대단한 실력의 소유자들 소행이라고밖에 할 수 없었다.

"맞습니다. 그들을 정말 고수였어요. 저희는 절정의 수준에 오른 자들이었다고 보고 있어요. 그래서 이 일은 무척 위험한 일이기도 하죠."

삼화 명옥연이 신중한 표정으로 말했다.

마치 십이천문의 사람들에게 경고를 하는 듯했다. 아니면 이 청부를 맡을 만한 실력과 용기가 있냐고 묻는 것 같기도 했다.

"그들의 정체만 밝히면 되는 일이오?"

불사 나왕이 물었다.

"네."

"대가는?"

"금자 오백을 생각하고 있어요."

삼화 명옥연이 대답했다.

그녀가 북화문의 문주로부터 허락받은 금자는 일천 냥. 그 금액의 절반을 먼저 부른 것이다. 명옥연으로서는 흥정을 하면서 청부금이 올라갈 것을 대비한 제안이었다.

그런데 그녀가 잘못 생각하고 있는 것이 있었다. 그건 십이천
문의 사람들이 사실은 청부금에는 별 관심이 없다는 것이었다.

"어떻소?"

불사 나왕이 자왕 사송에게 물었다.

그러자 사송이 잠시 생각에 잠겼다가 고개를 돌려 유왕 서리
에게 질문을 돌렸다.

"동생의 생각은 어때?"

"재미있을 것 같군요."

서리가 대답했다.

그러자 이들의 대화를 듣고 있던 명옥연의 표정이 살짝 변했
다. 자신들에게는 문파의 존립이 걸린 심각한 문제인데 십이천문
의 사람들은 단순한 흥밋거리로 생각하는 듯했기 때문이다.

"다시 한번 말씀드리는데 목숨을 걸어야 할 수도 있어요."

십이천문의 고수들이 이 일을 너무 가볍게 여긴다고 생각한
명옥연이 다시 한번 경고했다.

"우리 목숨은 우리가 걱정할 문제고… 알겠소. 일단 이 청부
를 받겠소."

자왕 사송이 덤덤하게 대답했다.

"정말인가요?"

명옥연은 일이 너무 쉽게 진행되자 오히려 불안한지 다시 물
었다.

"설마 청부를 두고 허언을 하겠소? 선금은 지금 절반, 잔금은
일이 끝나면 받겠소. 준비됐소?"

사송이 물었다. 그러자 명옥연이 고개를 돌려 그를 호위해 온

두 사내 중 한 명에게 눈짓을 했다.

명옥연의 지시를 받은 사내가 앞으로 나와 가운데 탁자 위에 비단 자루를 올려놨다.

쩔렁!

비단 자루 안에서 금화가 부딪히는 소리가 들렸다.

사내가 물러나자 자왕 사송이 손을 내밀어 비단 자루를 집어 들고는 뒤로 전달했다.

그러자 공예가 재빨리 앞으로 나와 금화가 든 비단 자루를 받아 들었다.

"계약은 성립했소. 이틀 뒤 내가 북화문의 문주님을 방문하겠소. 그때 이 일에 대해 자세히 말해주시오."

"혼자 오실 건가요?"

명옥연이 급하게 물었다.

"일은 여럿이 하게 될 거요. 하지만 북화문과 접촉하는 것은 일단 나 혼자 하겠소. 뭐, 나중에 필요하면 더 나설 수도 있지만."

사송의 대답에 명옥연이 잠시 망설이다가 다시 물었다.

"듣자 하니 이곳에 불사 대협께서 계시다던데……."

"그렇긴 하오만."

사송이 심드렁하게 대답했다.

"그분도 이 일에 관여하시나요?"

"상황을 봐선……."

"그분을 만나뵐 순 없나요? 아니, 문주님을 만나러 오실 때 불사 대협께서 동행하실 수는 없나요?"

불사 나왕을 눈앞에 두고도 명옥연은 나왕을 알아보지 못했다. 더군다나 그녀는 이미 불사 나왕과 대화까지 나눈 후였다.

그 모습이 재미있는지 자왕 사송이 더욱 퉁명스러운 목소리로 말했다.

"불사께선 함부로 외인을 만나지 않으시오."

"하지만 본 문의 문주께선……."

"필요한 일이 있으면 불사께서 직접 찾아가실 것이오. 하지만 이번에는 나 혼자 가겠소."

"……."

사송의 말에 명옥연이 더 이상 불사의 방문을 요구하지 못하고 입을 닫았다.

"자, 그럼 이제 그만 가보시오. 이틀 뒤에 만납시다. 갈 때 역시 올 때와 마찬가지로 눈을 가리고 가게 될 거요. 물론… 쌍괴협에 내려 드릴 것이고……."

그러자 명옥연이 눈살을 찌푸리며 말했다.

"굳이 쌍괴협까지 갈 이유가 있나요? 그냥 근처 아무 마을에나 내려주세요."

"미안하오. 그럴 수 없소. 이것이 십이천문의 규칙이오."

자왕 사송이 단호하게 말했다.

"후우, 알겠어요. 그렇다면 어쩔 수 없지요. 한참 돌아가게 생겼군요. 쌍괴협에는 배도 없을 테니."

"쌍괴협 위로 올라가 한 시진만 걸으면 마을이 있소. 거기서 말이든 배든 구할 수 있을 것이오."

자왕 사송의 말에 명옥연이 어쩔 수 없다는 듯 자리에서 일어났다.

"가죠."

명옥연이 일어나자 자왕 사송이 북화문 일행에게 이곳에 올 때 눈을 가렸던 천을 내밀었다.

"눈을 가리시오."

사송의 말에 명옥연과 그 일행이 불쾌한 표정을 지으면서도 어쩔 수 없이 스스로 눈을 가렸다.

그러자 사송이 마치 인질을 끌고 가듯 북화문 문도들을 데리고 석실을 벗어났다.

등불이 켜졌다. 그러자 어둡던 석실이 대낮처럼 환해졌다. 뒤에 물러나 있던 적월 등이 명옥연 등이 앉았던 곳에 자리를 잡고 앉았다.

"어떻게 보셨나요?"

유왕 서리가 불사 나왕에게 물었다.

"둘 중 하나요."

나왕이 망설이지 않고 대답했다.

"벌써 흉수를 짐작하셨나요?"

서리가 놀란 표정으로 되물었다.

"흉수를 짐작했다기보단 이런 일을 벌이는 자들이 어떤 부류의 사람들인지 짐작한다는 뜻이오."

"어떤 사람들인가요?"

나왕과 서리의 대화를 듣고 있던 공예가 서리보다 먼저 물었다.

"가장 먼저 의심해 봐야 하는 것은 내부의 적이다."

"내부의 적이라면 설마 북화문 내에 배신자가 있다는 건가요? 그들의 권력 다툼 같은 건가요?"

공예가 쉬지 않고 물었다.

"북화문 내부의 권력 다툼 여지는 크지 않지. 북화문은 문주의 권위가 워낙 절대적인 곳이라서. 물론 흉수들과 내통한 자가 있을 수는 있지만. 내가 내부라고 한 것은 북화문 자체가 아닌 남화문을 두고 한 말이다."

불사 나왕도 최근에는 공예를 자신의 제자처럼 편하게 대하고 있었다.

"아! 남화문! 그렇군요. 둘 사이가 좋지 않으니까요."

공예가 고개를 끄떡였다.

"본래 남북화문은 하나의 문파였는데, 전대 문주들부터 둘로 갈라져 서로 정통성을 주장하며 경쟁하고 있지. 그러니 남화문에서 이번 일을 벌였을 가능성도 충분해. 하지만 한 가지 이유 때문에 그 가능성이 희박한 것 같다."

"어떤 이유요?"

공예가 물었다.

"둘 사이에 경쟁이 치열하긴 하지만 서로 사람을 상하게 하지는 않았거든. 그런 면에서 보면 이번 사건은 너무 과격해. 만약 이 일이 남화문의 소행으로 밝혀지면 남북화문 간에 전면전이 벌어질 거다. 자칫 공멸에 이를 수도 있다. 그래서 내 생각에는 남화문에서 이런 방식의 도발을 했을 것 같지는 않아."

불사 나왕이 친절하게 설명했다.

그러자 공예가 다시 물었다.

"그럼 두 번째 가능성은요?"

"음, 두 번째는 누가 이 일을 벌였냐의 문제가 아니라 적어도 누군가는 이 일을 하지 않았을 거란 짐작이지."

"무슨 말씀인지 모르겠어요."

공예가 어리둥절한 표정으로 말했다.

"강호에 정식으로 현판을 걸고 있는 문파에서 한 일은 아니라는 거다. 그 이유는 어떤 문파라도 이런 방식으로 화문을 접수하는 순간 무림에서의 평판이 크게 떨어질 것이기 때문이지. 화문을 접수해서 얻을 수 있는 것이 재물이나 그들의 눈과 귀 정도라면 그로 인해 잃게 되는 무림의 평판은 훨씬 타격이 크지. 역시 이건 손해나는 장사야."

"그럼 대체 누가 이 일을 벌였다는 거죠?"

공예가 다시 묻자 지금까지 듣고 있던 유왕 서리가 말했다.

"역시 마문(魔門)의 준동일까요?"

"가능성이 없지 않소. 마문이든, 마인이든 분명 무림맹의 세력에서 벗어난 자들의 소행일 거요."

"그렇다면 정말 대범하군요. 비록 화문이 무림의 세력으로 인정받지 못한다고 해도 무림맹의 눈길이 미치는 문파는 확실하죠. 그런 화문을 건드렸다는 것은……."

유왕 서리가 말꼬리를 흐렸다.

그러자 불사 나왕이 무거운 표정으로 대답했다.

"그게 문제요. 이번 일은 생각보다 심각해질 수 있소. 만약 칠마와 십육마문의 난 이후 잠잠했던 마인들의 준동이라면 무림맹이 나서야 할 수도 있소. 그래서 우린 철저히 계약한 대로만 움직입시다."

"계약대로라면……."

"그들의 정체를 밝히는 것에만 집중하자는 뜻이오. 화문이나 혹은 정말 마문이라면 그 이상은 무림맹에 맡기는 것이 좋을 거요."

"그렇군요. 하긴 예전 십이지방 시절에도 우린 강호의 세력 다툼에는 끼어들지 않았었지요. 칠마의 난을 제외하고는."

유왕 서리가 고개를 끄떡였다.

*   *   *

북화문을 이끄는 칠화 중 일화이자 북화문주인 담교언은 자신을 찾아온 십이천문의 고수란 자를 앞에 두고 실망감을 감출 수 없었다.

오척단구나 마른 체구, 웬만한 여자라도 힘으로 이겨낼 수 있을 것 같은 왜소한 체구의 사내에게 과연 이번 일을 맡겨도 되는지 회의감이 들 정도였다.

자왕 사송도 당연히 자신을 보는 순간 담교언의 얼굴빛이 어둡게 변한 것을 눈치챘다. 아무리 숨기려 해도 자왕 사송 같은 사람의 눈에는 도저히 숨길 수 없는 변화이기 때문이다.

그리고 그녀의 속마음 역시 쉽게 짐작할 수 있었다. 자신을 만나는 순간 담교언의 마음속에는 십이천문에 대한 불신감이 생겨났을 것이다.

자왕 사송은 이럴 때 어떻게 행동해야 하는지 잘 알고 있었다.

그와 같은 외모로 살아온 사람에게는 그 나름대로의 처세법이 있게 마련이고, 또 청부를 행함에 있어서 청부자를 어떻게 대해야 향후의 일이 수월하게 진행되는지 충분한 경험을 가지고 있는 사송이었다.

"역시 혼자 오셨군요."

담교언 옆에 서 있던 삼화 명옥연이 자왕 사송을 보며 말했다. 아마 혹시나 불사 나왕이 올 수도 있다고 생각한 모양이었다.

그러자 사송이 대답했다.

"미리 말하지 않았소? 나 혼자 올 거라고. 화문의 문주시오?"

사송의 태도가 투박하다.

북화문의 문주이고, 청부한 문파의 수장이라면 그래도 정중한 예의를 갖출 만하지만 사송의 태도는 무례해 보일 정도로 투박했다.

그 자신감에 흥미가 생겼는지 사송을 보며 생겼던 불신감을 묻어두며 담교언이 대답했다.

"그래요. 내가 북화문의 문주예요. 대협의 존대성명은 어찌 되시나요?"

담교언이 대답하자 사송이 가볍게 포권을 해 보이며 말했다.

"난 십이천문의 자왕 사송이라 하오."

"자왕……."

자왕 사송이 자신을 소개하자 담교언이 자왕 사송이라는 이름이 자신의 기억 속에 있는지 혼잣말을 중얼거리며 잠시 생각에 잠겼다. 그러자 사송이 그녀가 생각할 틈을 주지 않고 다시 입을 열었다.

"아마 모르실 거요. 세상에 얼굴을 드러내고 살아온 편이 아니라서. 물론 북화문의 전대 문주이셨던 한검 자소 여협께서는 기억하시겠지만 안타깝게도 그분은 이제 살아계시지 않으니… 혹, 그분께 들었던 기억이 있으신지 모르겠구려."

순간 담교언의 표정이 크게 변했다.

자신의 사부이자 전대 북화문의 문주였던 한검 자소의 정확한 실명을 아는 자가 강호에는 극히 드물기 때문이었다.

그러므로 사부의 실명을 알고 있다는 것은 이 보잘것없는 사내가 생각보다 깊은 내력을 지니고 있다는 의미였다.

"사부님을 아시나요?"

"북화문의 문주를 모른다면 어찌 제대로 된 청부문이라고 할 수 있겠소?"

사송이 반문했다.

"그 말이 아니라 사부님과의 인연을 말하는 거예요."

"흠… 난 없지만 과거 내가 알던 분이 약간의 인연을 맺었던 것으로 알고 있소."

"그분이 누구죠?"

"혹 학사검이란 별호를 들어보신 적 있소?"

"아! 학사검!"

담교언이 놀란 표정으로 사송을 보며 탄성을 흘렸다.

"아시는구려."

"사부께 들은 적이 있어요. 세상의 그늘 속에 살지만 무림에 나서면 족히 천하십대고수의 반열에 들 고수라고……."

"내가 모시던 대형이었던 분이오."

"그럼 역시 십이천문은 십이지방의……."

"십이지방은 알고 계시는구려."

사송이 조금 우울한 표정으로 말했다.

혈월야와 함께 세상에서 사라진 십이지방을 기억하는 사람을 만나니 기쁨보다는 우울함이 먼저 나타났다.

"십이천문이라는 이름을 들었을 때 혹시나 했었지요. 그럼 자왕이라는 대협의 별호 역시 당시의……."

"그렇소. 내가 바로 십이지방의 자왕이었던 사람이오."

사송이 군이 자신의 정체를 숨기지 않고 대답했다.

그러자 담교언이 적지 않게 놀란 표정으로 다시 물었다.

"놀라운 일이군요. 세상에서 사라진 줄 알았던 십이지방의 영웅분을 만나다니. 그리고 보니 얼핏 언젠가 화문의 문도에게서 대협에 대한 소문을 들은 것도 같군요. 누군가를 찾으신다고……."

순간 사송의 눈이 가늘어졌다.

"역시 화문의 눈과 귀는 천하에 미치는구려."

"무슨 말씀을. 그저 기루에서 흘려듣는 소문일 뿐이죠. 그런데… 십이지방에는 정확히 무슨 일이 있었던 거죠?"

북화문주가 고개를 저으며 말했다.

"흠… 솔직히 이 자리에서 과거의 일을 말하고 싶지는 않구려. 지금은 북화문의 일이 우선 아니겠소?"

자왕은 군이 혈월야에 대해 이야기하고 싶지 않다는 듯 말했다. 그리고 솔직히 화문 정도의 정보력이라면 혈월야에 대해 알고 있을 것이 분명했다.

그럼에도 북화문주가 십이지방의 혈사에 대해 묻는 것이 조금은 기분이 상한 자왕이었다.

"그렇긴 하지요… 알겠어요. 십이지방의 뒤를 이었다면 확실히 믿을 수 있지요."

담교언이 고개를 끄떡이며 말했다.

"그럼 시작합시다. 듣기는 했지만 좀 더 상세하게 이번 일의 경과를 알고 싶소."

"그렇게 하죠."

담교언이 대답을 하고는 두 달 전부터 북화문에서 일어나고 있는 어두운 일을 설명하기 시작했다.

담교언의 이야기도 북화문 삼화 명옥연이 십이천문에 와서 한 이야기와 특별하게 다를 것은 없었다.

단지 흉수들의 옷차림과 그들이 나타났다 사라진 시각, 그리고 그들이 데려간 세 명의 루주에 대한 조금 더 자세한 이야기가 보태졌을 뿐이다.

그러므로 담교언에게 추가적으로 들은 이야기들은 사실 이 청부를 해결하는 데 크게 도움이 되지 않았다.

달리 생각하면 담교언이 자신이 하고 싶은 말만 하고 자왕 사송이 듣고 싶은 말은 하지 않았다고도 할 수 있었다.

물론 그것이 고의로 한 행동은 아니었다. 본래 사람은 어떤 문제를 말할 때 본능적으로 자신들의 치부를 감추려는 경향이 있고, 담교언도 무의식중에 그런 식으로 이야기한 것이다.

하지만 자왕 사송으로서는 반드시 그녀가 하지 않은 이야기들을 들을 필요가 있었다. 그래서 담교언의 이야기가 끝났을 때, 사송은 기다리지 않고 질문을 했다.

"남화문과의 관계는 어떻소이까?"

흉수들에 대한 이야기가 끝나자 바로 질문을 던지는 사송을 보며 담교언이 언짢은 표정으로 대답했다.

"그들은 아니에요."

"물론 우리 십이천문도 그리 생각하고 있소이다. 남화문과 북화문이 비록 서로 경쟁하는 사이기는 해도 한 뿌리에서 나온 문파들이라 피를 보는 일이 없는 것으로 알고 있으니까."

"알면서 왜 그런 질문을 하시죠?"

담교언이 차갑게 물었다.

"그래도 두 문파의 사이가 세상에 알려진 것과 다를 수도 있기 때문에 확인차 질문드린 것이오. 최근 들어 남화문과 특별히 관계가 악화될 일이 있었거나, 혹은······."

"그런 일 없어요."

담교언이 더 듣지도 않고 사송의 말을 끊었다.

그러자 사송이 덤덤하게 고개를 끄떡였다.

"알겠소이다. 그럼 최근 오 년 이내 북화문과 혈원을 맺은 문파나 무림의 고수가 있소?"

"그 문제도 여러모로 생각해 보았으나 이런 일을 벌일 만큼 원한을 맺은 곳은 없었어요."

"흐흠··· 결국 북화문에 원한이 있어서가 아니라 강호에서 세력을 확장하려는 자들의 짓이겠군."

자왕 사송이 혼잣말을 중얼거렸다. 애초에 불사 나왕이 내렸던 결론과 같은 결론이었다.

"저희도 그렇게 생각하고 본 문의 모든 눈과 귀를 열어 흉수들의 단서를 찾으려 했으나 그들의 흔적이나 의심되는 세력을 찾지 못했어요."

담교언이 걱정스러운 표정으로 말했다.

그러자 자왕 사송이 말했다.

"일을 해결하는 데 두 가지 방향이 있소."

"경청하지요."

"그들이 이달 보름에 자신들의 요구 조건에 대한 답을 듣겠다고 했다고 알고 있소."

"맞아요. 이제… 십여 일밖에 남지 않았군요."

담교언이 대답했다.

"어쨌든 대답을 들으러 사람이 올 테니 그자를 시작으로 저들을 역으로 추적해 가는 방법이 있소. 물론 이 경우에는 그들의 요구 조건을 거짓으로 수락하는 편이 좋을 것이오."

"그건… 다른 방법은 뭐죠?"

아마도 담교언에게 사송이 제기한 첫 번째 방법은 그리 탐탁지 않은 모양이었다.

"두 번째 방법은 지금까지 그들이 남긴 흔적을 근거로 흉수들을 추격하면서 저들과의 싸움을 대비하는 것이오."

"본 문이 십이천문에 청부를 넣은 이유가 바로 그것이죠. 그들을 상대하려면 우선 정체를 알아야 하니까요. 하지만 우리 화문은 쉽게 움직일 수 없는 상태예요. 분명 본 문을 감시하는 자들이 있을 테니까요."

담교언이 말했다.

"그러자면 일단 그들이 주루들을 공격했을 때 당한 북화문 문도들의 시신을 봐야 할 것 같소. 볼 수 있소이까?"

"시신을요?"

담교언이 조금 불편한 표정으로 되물었다.

"그렇소. 그들이 자신들과 관련된 어떤 흔적도 남기지 않았다고 들었지만 무인에겐 지울 수 없는 흔적도 있소. 바로 시신에 남아 있는 상흔들이오. 아시겠지만 무인이 남긴 상흔은 그 사람의 지문과도 같아 아무리 감추려 해도 결국에는 자신의 흔적을 남기는 법이오. 그러니 일단 그 시신들을 봤으면 하오. 혹, 이미 장례를 치른 것이오?"

사송이 물었다.

그러자 담교언이 고개를 저었다.

"그런 건 아니에요. 이 일의 원흉을 밝혀낸 이후에 장례를 치를 생각에 지하에 보관해 두었지요."

"그럼 봅시다."

사송이 거침없이 말했다.

담교언은 사송의 과감함에 조금 놀란 듯한 표정을 지었지만, 이내 고개를 끄떡였다.

"좋아요. 함께 가시죠."

담교언이 대답을 하고는 자리에서 일어났다.

북화문의 본거지는 성이 남쪽으로 바라보이는 곳에 있었다. 사방으로 길이 터져 있고, 작은 배들이 드나들 수 있는 수로와도 인접해 있어 진퇴가 용이한 곳이었다.

장원 주변에 형성된 무성한 대나무 숲은 그 자체가 훌륭한 방책 역할을 하고 있었고, 숲 곳곳에는 북화문 고수들이 적의 침입을 막기 위해 은밀히 경계를 서고 있었다.

담교언은 사송을 데리고 장원의 북쪽 담장으로 다가가 작은 쪽문을 통해 대나무 숲으로 빠져나갔다.

차르르!

대숲으로 들어서자 사방에서 불어오는 바람에 대나무들이 맑은 소리를 만들어냈다.

"대숲에 있소?"

앞서가는 담교언을 보며 사송이 물었다.

그러자 그의 뒤를 따르던 삼화 명옥연이 대신 대답했다.

"대숲을 지나면 작은 바위산이 있어요. 그곳 지하에 석실이 있습니다. 바위산 깊은 곳의 석실이라 사시사철 기온이 낮아 시신이 부패하지 않는 장소예요."

"그렇구료."

사송이 고개를 끄떡였다. 그러면서 슬쩍 주위를 돌아본 사송이 다시 입을 열었다.

"용담호혈, 과연 화문의 저력은 무섭구려."

갑작스러운 사송의 말에 삼화가 물었다.

"무슨 뜻으로 하신 말씀이신가요?"

"이 대숲에 몸을 숨기고 있는 화문 고수들의 기세가 훌륭하다는 뜻이오."

순간 앞서가던 담교언이 걸음을 멈췄다. 그러고는 자왕 사송을 돌아보며 심각한 표정으로 물었다.

"그걸 눈치채셨나요?"

"뭐, 그리 어려운 일은 아니었소."

사송이 대답하자 담교언이 가볍게 한숨을 내쉬었다.

"문제군요. 우린 무척 고심해서 사람을 숨겨두었는데, 이렇게 쉽게 그들의 존재가 드러나다니. 본 문의 경비가 이리 허술할 줄을 몰랐군요."

아마도 사송이 죽림에 숨어 있는 화문 고수들의 존재를 너무 쉽게 알아차렸다고 생각한 모양이었다.

담교언의 낙담에 사송이 얼른 고개를 저었다.

"낙담 마시오. 화문의 준비가 부족한 게 아니라 내가 좀 특이한 인간이라 그렇소."

"특이하다뇨?"

"에… 내 별호가 자왕 아니겠소? 천하에서 가장 민감한 감각을 가진 동물이 쥐요. 내 별호가 자왕인 것은 나의 타고난 육감 때문이라오. 그러니 화문의 부족함은 아니오."

사송의 대답에 담교언이 묘한 시선으로 사송을 바라보다가 입을 열었다.

"그 말씀을 들으니 왠지 안심이 되는군요. 그리고 십이천문에 대협과 같이 특별한 능력을 지닌 분들이 있으니 반드시 이번 일을 해결할 수 있을 것 같기도 하고요."

"허험, 뭐… 함께 노력해 봅시다."

사송이 덤덤하게 대답했다.

그러자 담교언이 가볍게 고개를 끄떡인 후 다시 죽림 속으로 걸음을 옮기기 시작했다.

제3장
사라진 자들의 흔적

"그런데 혹, 한 사람 더 동행해도 되겠소?"

죽림을 벗어나 바위산 아래 도착하자 갑자기 자왕 사송이 앞서 가던 담교언에게 물었다.

그러자 담교언이 의아한 표정으로 되물었다.

"동행이요?"

"그렇소. 나 혼자 보는 것보다는 둘이 보는 것이 나을 것 같아서 말이오."

"다시 돌아가자는 말인가요?"

동행을 할 생각이었다면 장원을 떠나기 전에 말했어야 한다. 다시 돌아가서 동행을 데리고 오는 것은 지금 상황에선 무척 번거로운 일이다. 그렇다고 좀 더 철저한 조사를 하고 싶다는 사송의 말을 바로 거절하기도 난감한 담교언이다.

그런데 사송이 뜻밖의 말을 했다.

"동행만 허락하신다면 다시 돌아갈 필요는 없소."

"그게 무슨 말씀이죠?"

담교언이 의심 어린 눈초리로 사송을 보며 물었다.

"부르면 바로 올 수 있는 곳에 있단 뜻이오."

"어떻게?"

담교언이 재빨리 주변을 살폈다. 그러나 어디서도 다른 사람의 흔적이 느껴지지 않았다. 다만 이 근방을 지키는 화문의 고수들이 머물고 있는 은신처에서만 약간의 사람 기척이 느껴질 뿐이었다.

"허락하시겠소?"

사송이 다시 물었다.

그러자 담교언도 호기심이 생겼다. 사송의 말을 믿기 어려웠지만, 정말 이곳에 십이천문의 사람이 와 있다면 어떤 인물이 화문의 삼엄한 경비를 뚫고 이곳까지 몰래 올 수 있는지 궁금했다.

"좋아요. 십이천문에 속한 분이라면 거절할 이유가 없죠."

담교언이 대답했다.

담교언의 허락이 있자 사송이 고개를 끄떡이고는 대숲과 바위산의 경계 지점을 보며 말했다,

"대협, 이곳부터는 동행하십시다."

사송의 말에 갑자기 대숲 인근에 검은 그림자가 어른거리나 싶더니 추레한 몰골의 중년 사내가 어슬렁거리며 모습을 드러냈다.

순간 북화문의 문주 담교언의 표정이 굳어졌다. 어떻게 사내가 아무도 눈치채지 못하게 저런 곳에 있을 수 있었는지 도저히 이해할 수 없기 때문이었다.

만약 정말로 그가 북화문의 경비를 뚫고 이곳까지 왔다면, 북화문의 경비망에 큰 허점이 존재한다는 말과 같았다.

그런데 사내가 다가오자 담교언이 다시 한번 놀랐다. 그리고 이번 놀람은 사내 그 자체에 대한 놀람이었다.

"혹… 불사 대협이십니까?"

추레한 몰골의 중년 사내가 다가서자 담교언이 물었다. 사내에게 묻는 것인지 자왕 사송에게 묻는 것인지 알 수 없는 질문이다.

"그렇소. 무공에 관한 한 강호의 그 누구보다 뛰어나신 분이니 시신들의 상흔을 살피는 데 많은 조언을 해주실 것이오."

사송이 대답했다.

그러자 담교언이 복잡한 감정을 내포한 표정을 지으면서도 추레한 중년 사내, 불사 나왕을 향해 가볍게 고개를 숙여 보이며 말했다.

"무림의 대협사이신 불사 대협을 뵙게 되어 영광입니다. 어서 오세요. 북화문의 담교언이라고 합니다."

"나왕이오. 반겨주셔서 고맙소."

불사 나왕이 가볍게 포권을 하며 대답했다. 그러자 담교언이 여전히 혼란스러운 표정으로 물었다.

"한데 어떻게 이곳까지……"

온 이유를 묻는 것은 아니었다. 북화문의 경비를 뚫고 아무도 모르게 이곳까지 올 수 있었던 방법에 대해 묻는 것이었다.

"몇 군데… 허점이 있소."

나왕이 담교언의 질문이 뭘 의미하는지 알아채고 덤덤하게 대답했다.

"본 문의 경비가 그렇게 허술한가요?"

"그렇지는 않고. 무척 정교하게 경비를 서고 있는 것은 맞소. 하지만 몇몇 특별한 재주를 지닌 사람들에겐 허점이 보일 것이오."

"불사 대협 같은 분 말이군요."

"뭐… 그렇다고 해둡시다."

불사 나왕이 굳이 부인하지 않았다.

어찌 보면 오만한 듯한 그의 반응이지만 담교언은 수긍의 뜻으로 고개를 끄떡였다. 나왕을 보는 것은 오늘이 처음이지만 그가 어떤 존재인지 누구보다 잘 알고 있는 담교언이었다.

애초에 정체가 불분명하던 십이천문에 북화문의 운명이 걸린 청부를 맡긴 것도 바로 불사 나왕의 존재 때문이었다.

칠마, 십육마문의 난이 벌어지던 시절, 무림맹 신응조의 고수로서 불사 나왕은 지옥의 천라지망이라는 마인들의 포위망에서도 살아나온 고수였다. 그런 나왕이 북화문 경비망의 허점을 찾아낸 것이 불가능한 일은 아니었다.

다만 담교언으로서는 자신이 심혈을 기울여 준비한 북화문의 경비망에 허점이 있었다는 것에 스스로 실망할 수밖에 없었다.

"과연 불사 대협이시군요. 그렇지 않아도 뵙고 싶었습니다. 그런데 굳이 모습을 숨기시고 따라오신 이유가……."

실망은 실망이고 불사 나왕의 행동이 이해가 가지 않는 것도 사실이었다.

애초에 함께 죽은 북화문 문도들의 시신을 볼 생각이었다면, 처음부터 자신들과 동행을 했으면 좋을 일이었다. 굳이 이렇게 은밀히 자신들의 뒤를 쫓을 이유가 없었던 것이다.

어찌 생각하면 무척 의뭉스러운 행동이었다.

"두 가지 이유요. 하나는 혹여라도 우리 십이천문의 등장을 감시하는 자가 있을까 하는 걱정하여 뒤를 살폈고, 두 번째는 북화문의 경비를 직접 확인해 보고 싶었기 때문이오."

그러자 담교언의 얼굴이 굳어졌다.

"그 말씀은 북화문 내부에 첩자나 간자가 있을 수 있다는 뜻이고, 또한 흉수들이 본 문의 기루나 유곽이 아닌 이 장원을 직접 공격할 수도 있단 뜻인가요?"

"그렇소."

불사 나왕이 망설이지 않고 대답했다.

"확신할 수 있으신가요?"

"세상일에 확신이 어디 있겠소. 그러나 조심해서 나쁠 것은 없지 않겠소?"

나왕이 덤덤하게 대답했다.

나왕의 대왕에 담교언이 더 이상 질문을 하지 않았다. 그러나 뭔가 고민하듯 잠시 생각에 잠겼다가 이내 생각을 털어버리고는 고개를 들며 말했다.

"일단 가시죠."

"그럽시다."

자왕 사송이 얼른 대답했다.

서늘함을 넘어 냉기가 느껴지기 시작했다. 얼음을 보관하는 빙고라고 해도 믿을 만한 냉기였다.

담교언은 불사 나왕과 자왕 사송을 냉기가 흐르는 동굴로 이끌었다. 곳곳에 작은 등이 달려 있어 길을 안내할 뿐 아무런 장식도 없는 동굴이었다.

그렇게 지하로 얼마간을 이동하자 제법 커다란 석실이 나타났다.

"이곳이에요."

담교언이 석실 앞에 도착하자 나왕과 사송에게 말했다.

두 사람이 고개를 끄떡이며 석실 주위를 살폈다. 그러자 어김없이 보이지 않는 곳에서 사람의 인기척이 느껴졌다.

비록 허점이 있기는 하지만, 북화문의 경비가 강호의 대문파에 못지않게 삼엄하다는 것을 인정하지 않을 수 없었다.

그리고 생각보다 은밀한 북화문 고수들의 움직임이 나왕의 심기를 조금 불편하게 만들기도 했다. 마치 그가 칠마의 난에 뛰어들어 사선을 넘나들 때 느꼈던 사파들의 모습과 비슷한 면이 있기 때문이었다.

그러나 그렇다고 화문이 사파에 뿌리는 둔 것 같지는 않았다. 다만 세상에서 천대받는 그들의 태생이 자연스럽게 이런 은밀한 움직임으로 나타난 것일 터였다. 그런 면에서 보자면 한편으로는 동정이 가는 사람들이었다.

"들어갑시다."

잠시 상념에 잠겨 있던 나왕을 보며 사송이 말했다.

그 말에 정신을 차린 나왕이 사송의 뒤를 따라 석실 안으로 들어갔다.

시신은 모두 열두 구였다.

사내의 시신이 넷, 여인의 시신 일곱, 그렇게 열두 구의 시신이 석실 안쪽에 줄지어 뉘여 있었다.

"모두 보시겠어요? 아니면……."

담교언이 나왕과 사송을 보며 물었다.

그러자 나왕이 망설이지 않고 대답했다.

"모두 보겠소."

나왕의 대답에 담교언의 표정이 살짝 흔들렸다. 비록 죽은 사람들이지만 개중 여인들의 시신을 나왕과 사송에게 보이는 것이 순간 꺼려졌던 것이다.

그러나 그렇다고 거절할 일은 아니었다. 죽은 자들의 시신을 살피는 것으로부터 이 청부가 시작된다는 것을 모르지 않기 때문이었다.

"천을 치워요."

담교언이 침울한 목소리로 명을 내렸다.

그러자 그녀를 따라온 삼화 명옥연이 시신들을 덮고 있던 흰 천을 걷어냈다.

파리한 피부색의 열두 구 시신이 모습을 드러냈다. 싸한 죽음의 향기가 나왕의 코끝을 파고들었다. 불유쾌한 약재의 냄새도 함께 났다. 아마도 시신이 썩는 것을 막기 위해 방부의 약재를 사용한 것 같았다.

"봅시다."

자왕 사송이 먼저 시신들 앞으로 걸어갔다. 그 뒤를 따라 나왕도 천천히 걸음을 옮겼다.

두 사람이 시신을 살피는 것은 마치 모래 속에서 바늘을 찾는 것처럼 신중했다.

시신 하나를 살피는 데 적어도 이각의 시간을 소비했다.

도검에 의한 자상을 물론 시신의 머리카락부터 발끝까지 어느 한 군데 빼놓지 않고 시신을 살피는 사송과 나왕의 모습에서 담교언과 명옥연은 자신들도 모르는 사이에 두 사람에 대한 신뢰감이 생기고 있었다.

두 사람의 모습에서 십이천문이 이 청부를 건성으로 하지는 않을 거란 사실을 본능적으로 알 수 있었기 때문이다.

시신에 대한 조사는 장장 두 시진이 지나서야 끝이 났다. 아마도 동굴 밖은 이미 어둠이 내렸을 것이다.

"후우!"

시신을 살피는 일이 힘들었는지 마지막 시신을 살피고 난 사송이 허리를 펴며 길게 숨을 내쉬었다.

그러자 마지막 시신의 발톱을 살피던 나왕 역시 시신에서 눈을 뗐다.

"흠……."

그러고는 손으로 턱을 괴고 무슨 생각인가를 하는 것처럼 침음성을 흘려냈다.

"모두 보셨나요?"

두 사람을 향해 담교언이 물었다.

"난 다 되었소. 불사계선?"

사송이 나왕에게 물었다.

"나도 다 봤소."

나왕이 고개를 끄덕이자 담교언이 명옥연을 보며 말했다.

"시신들을 다시 덮어요."

"예, 문주님!"

명옥연이 얼른 대답하고는 서둘러 시신들을 흰 천으로 덮었다. 그 모습을 보고 있던 담교언이 나왕과 사송에게 물었다.

"어떻게들 보셨나요?"

그러자 사송이 먼저 입을 열었다.

"시신에 나타난 상흔만으로 보자면 흉수는 세 종류의 무공을 썼소. 물론 그렇다고 세 사람이 이들을 모두 죽였다고 말하는 것은 아니오. 단지 무공의 형태가 그렇다는 거요. 살수들에게 검을 쓰는 자들이 있고, 독이 묻은 암기를 쓰는 자가 있소. 그리고……."

사송이 마지막 말을 하기 전에 나왕을 바라봤다.

그러자 나왕이 대답했다.

"아마도 섭혼의 술을 쓰는 자가 있는 것 같은데……."

"역시 그렇게 보셨구려, 나 역시 그렇게 봤소."

그러자 담교언이 어두운 표정으로 말했다.

"저희들도 그렇게 판단했습니다. 당시 일을 당한 기루에 있던 생존자들 중에 그런 말을 한 형제들도 있었고요. 다른 것은……."

지금까지 말한 정도는 이미 북화문에서도 알고 있는 내용이었다. 담교언은 좀 더 특별한 뭔가를 이 두 사람이 발견했기를 바라는 표정으로 물었다.

그러자 사송이 입을 열었다.

"다른 건 몰라도 검상을 보는 순간 난 한 부류의 사람들이 생각났소이다만……."

"누군가요?"

담교언이 물었다.

그러자 사송이 되물었다.

"북화문에선 시신들의 검상을 보며 떠오르는 자들이 없었소?"

"저희들로서는… 살수의 검이란 건 짐작하지만 강호에 살문이 한두 곳도 아니고……."

"음… 북화문은 칠마의 난에 직접 참여치 않아서 그런가?"

사송이 고개를 갸웃했다. 죽은 자들의 시신에 나타난 검상으로 분명 추정할 수 있는 존재들이 있는 모양이었다.

"대체 그들이 누구죠? 설마 칠마와 관련이 있다는 건가요?"

담교언이 긴장한 듯 물었다. 흉수들이 칠마와 관련이 있다면 그건 보통 문제가 아니었다. 비록 무림맹에 패해 세상에서 사라진 자들이지만 칠마란 이름은 아직도 강호에선 공포의 대상이었다.

"불사께선……."

사송이 대답 대신 나왕의 의견을 물었다.

그러자 나왕이 덤덤한 표정으로 대답했다.

"확실히 천살객 범차의 살검 흉내를 낸 것은 분명하오."

"하아! 천살객 범차!"

나왕의 말에 담교언이 탄식을 자아냈다. 그녀가 우려했던 가장 위험한 이름이 흘러나온 것이다.

"그럼 그 후인들인 것 같소?"

사송이 다시 나왕에게 물었다.

그러자 나왕이 고개를 갸웃했다.

"글쎄… 정통 후인은 아니고, 방계의 아류가 아닐까 하오만……."

"왜 그렇게 보시오?"

"천살객 범차를 죽인 게 나와 내 동료들이었소. 당시 천살객이 이끌던 탈혼문의 주요 고수들도 거의 모두 죽였소. 살아 도망간 자들이라야 겨우 한둘의 일급살수와 갓 탈혼문에 입문한 자들 정도… 그러니 천살객의 무공을 온전히 이어받은 자들이 있을 수 없소. 시신들에 남겨진 상흔들도 천살객의 흉내는 냈지만 말 그대로 흉내일 뿐이오. 하지만 그렇다 해도 무서운 살법을 쓰는 자들인 것은 분명하오만."

"음… 그럼 어쨌든 탈혼문의 잔당들이 연관된 것은 분명하겠구려."

"그거야……."

나왕도 사송의 의견에 반대하지 않았다.

그러자 담교언이 걱정스러운 표정으로 말했다.

"탈혼문 잔당들이라면 상대하는 것이 만만치 않겠군요."

"무림맹에 말해보는 것은 어떻소?"

나왕이 물었다.

그러자 담교언이 얼굴을 찌푸리며 되물었다.

"무림맹에요?"

"그렇소. 무림맹은 여전히 칠마와 십육마문의 잔당들을 추살 중이니 화문을 도울 수 있을 거요."

"하지만……"

담교언은 나왕의 제안이 마음에 들지 않는 모양이었다.

"문제가 있소?"

"무림맹이 간여하게 되면 결국 구패의 영향력이 화문에 미치게 될 거예요."

담교언이 걱정스러운 표정으로 말했다.

"그건 그렇지요."

사송이 옆에서 고개를 끄덕였다.

그러자 담교언이 다시 말을 이었다.

"본 문이 굳이 강호 무림문파를 자처하지 않은 것은 바로 구패와 같은 큰 세력들과 인연을 맺고 싶지 않기 때문이에요. 두 분도 아시겠지만 화문의 목적은 기루와 유곽의 형제들을 보호하는 것이라……"

"음, 하긴 곤란하긴 하겠구려. 구패에 속한 자들이 화문의 부(富)를 탐할 것은 당연한 일이니."

사송이 맞장구를 쳤다.

그러자 나왕이 무거운 말투로 입을 열었다.

"단지 탈혼문의 잔당 몇몇이라면 나도 굳이 무림맹을 이 일에 끌어들이라고 말하지는 않을 것이오. 그러나……"

"다른 이유가 있나요?"

담교언이 걱정스러운 표정으로 물었다.

"세 가지 흔적 중 독이 묻은 암기는 탈혼문의 살수들이 썼을 수도 있고, 또 다른 자들이 썼다 해도 크게 문제가 될 것은 아닌데, 섭혼의 흔적은 이야기가 다르오."

"솔직히 나도 그걸 걱정하고 있었소이다."

사송이 나왕의 말을 거들었다.

"그건 탈혼문의 것이 아니란 뜻인가요?"

"그렇소. 그리고 한 가지 사실이 더해지면 이자들의 뿌리가 어디인지 거의 확실해지오."

나왕이 심각한 표정으로 말했다.

그러자 사송이 의아한 표정으로 물었다.

"불사께선 다른 것도 발견하시었소?"

그러자 나왕이 사송과 담교언을 한쪽으로 불렀다.

"두 분께선 잠시 이리 와보시오."

나왕의 말에 사송과 담교언이 의아한 표정을 지으며 가장 마지막 시신이 있는 곳으로 이동했다.

그러자 나왕이 말없이 시신을 덮고 있던 흰 천을 들어 올려 시신의 발을 드러냈다.

"다시 한번 살펴보시오."

나왕의 말에 사송과 담교언이 나왕이 가리킨 시신의 발가락을 살피기 시작했다. 하지만 두 사람 모두 나왕이 왜 다시 시신의 발을 보여주었는지 그 이유를 알아내지 못했다.

"나로선 뭘 보신 건지 모르겠구려."

"저 역시……."

사송과 담교언이 나왕을 보며 말했다.

그러자 나왕이 시신의 발가락 사이를 벌리며 말했다.

"이 시신에는 핏기가 없소."

"그야 당연히… 이 형제가 죽은 지가 벌써 한 달이 넘었어요."

담교언이 한 달 전에 죽은 시신에서 어떻게 핏기를 찾을 수 있느냐는 듯 물었다.

그러자 나왕이 말했다.

"음… 내가 잘못 말했구려. 핏기가 아니라 생기라고 해둡시다."

"그럼 더 당연한 것 아니오? 죽은 시신에 무슨 생기가 남아 있겠소이까?"

사송이 되물었다.

그러자 나왕이 심각한 표정으로 말했다.

"죽은 사람에게 생기가 없는 것은 당연하오. 하지만 죽었기 때문에 사라진 생기와 죽기 전에 사라진 생기는 그 흔적에서 차이가 있소. 내 생각에는 이 시신에 나타난 흔적은 죽기 전에 생기를 잃은 흔적이오."

순간 사송의 표정이 일변했다.

물론 담교언 역시 마찬가지였다.

"불사 대협… 지금 그 말씀은 설마……."

"맞소. 짐작하고 계신 그것일 가능성이 구 할이오."

"아!"

사송이 탄식을 흘리며 다시 시신의 발가락 사이를 살폈다. 그러다가 다시 탄식을 흘렸다.

"이건… 정말 그렇구려. 흔적이 너무 옅어 그냥 간과했는데, 자세히 보면 분명 이건……."

"정말 흡정의 흔적인가요?"

담교언이 두려운 표정으로 물었다.

"내가 보기엔 그렇소."

"세상에 누가 감히……."

담교언이 분노를 참지 못하고 목청을 높였다.

강호에서 흡정의 무공은 정사양도를 막론하고 철저히 배격되는 무공이었다.

흡정의 무공은 내공을 수련한 모든 무인에게 극히 위협적인 사술이었다. 이 사악한 무공은 정사의 구분을 떠나 무림의 존립과 직접적인 연관이 있어서, 일단 그 무공을 사용하는 자가 강호에 나타나면 그자는 정사양도의 공적으로 낙인찍히게 마련이었다.

그런데 그런 흡정의 술을 사용한 흔적이 미세하게나마 화문여문도 시신에서 발견된 것이다.

그렇다면 이건 북화문만의 문제가 아니다. 나왕의 말처럼 무림맹이 나서야 하는 일일 수도 있었다.

거기까지 생각이 미치자 담교언의 표정이 급격하게 어두워졌다. 그녀는 자신의 문파가 무림의 관심을 받는 것을 결코 원치 않았다. 화문과 같은 문파는 세상의 이목을 끌면 끌수록 위험해지기 때문이다.

그런 생각이 들자 담교언은 자연스럽게 십이천문의 이 두 고수에게 의지하려는 마음이 자신도 모르게 생겨났다.

"이 일을… 어쩌면 좋을까요?"

보통 때의 담교언과는 확연이 다른 모습이다. 삼화 명옥연조차 이런 담교언의 모습을 본 적이 없었다.

북화문의 문주로서 담교언은 언제나 침착했고, 일 처리에 자신감이 있었으며 때로는 냉혹하리만치 냉정한 사람이었다.

그만큼 흡정의 흔적이 담교언에게 강력한 심리적 타격을 주었다는 의미일 것이다.

"역시 가장 좋은 방법은 무림맹의 도움을 받는 것이오. 아시겠지만 난 무림맹과 약간의 인연이 있으니 도움을 청하겠다면 내가 무림맹과 선을 대어줄 수 있소. 물론 그 경우에는 우리 십이천문과의 청부 거래는 중단될 거요. 뭐… 약간의 금액을 제하고는 미리 받은 청부금도 돌려 드리겠소."

말을 하며 나왕이 눈으로 자왕 사송의 동의를 구했다. 청부의 중단 여부와 청부금의 반환은 사송 등의 동의가 필요한 일이기 때문이었다.

그러자 사송이 대답했다.

"흡정의 술이라면 나도 불사 대협의 의견에 동의하오."

사송의 표정도 무척 심각했다.

"꼭 그 방법밖에 없나요?"

담교언이 곤란한 기색을 보이며 말했다. 여전히 그녀는 무림맹과 인연을 맺고 싶지 않은 모양이었다.

"다른 방법이라면 이 청부를 계속 진행하면서 우리가 이자들의 정체를 밝힌 이후 그들을 화문 단독으로 상대하는 것이오.

하지만 그건 딱히 권하고 싶지 않구려. 설혹 북화문에 숨겨진 저력이 있어 흉수들을 제압할 수 있다 해도 북화문이 입는 피해가 만만치 않을 거요. 어쩌면……."

차마 멸문이란 말까지 꺼내지는 못한 나왕이다.

하지만 나왕이 그 말을 하지 않았다고 해서 담교언이 나왕의 의도를 모를 리 없었다.

"일단은… 흉수들의 정체를 밝혀주세요."

"음… 정말 그렇게 하고 싶소?"

불사 나왕이 다시 물었다.

"그 후의 일은 그때 생각하죠."

무림맹의 도움을 청하는 일은 흉수들의 정체를 밝힌 이후에 결정하겠다는 뜻이다.

"이래저래 어려운 결정을 하시는구려. 무림맹의 도움을 청하면 그들이 답을 요구한 이달 보름 무림맹의 고수들이 반격과 추격을 할 수 있을 텐데. 하지만 지금 때를 놓치면 무림맹의 고수들이 움직일 시간이 부족해서… 어쩌면 좋은 기회를 놓치는 것일 수도 있소."

나왕이 다시 한번 충고했다.

그래도 담교언의 고집은 꺾이지 않았다.

"할 수 있는 만큼 해주세요."

담교언이 단호하게 대답했다.,

"후우… 좋소. 어차피 계약은 계약이니까."

나왕이 고개를 끄떡였다.

"무척 바빠지겠구먼……."

자왕 사송이 긴장한 듯하면서도 한편으로는 흥미로운 표정을 지으며 중얼거렸다.

* * *

"어디부터 시작하죠?"

유왕 서리가 난감한 표정으로 물었다.

북화문에서 혈사를 일으킨 자들의 흔적을 어디에서부터 찾아야 하는지 막상 일을 시작하려다 보니 막막했기 때문이었다.

그들이 가진 정보라고는 죽은 북화문의 문도들 시신에서 발견한 무공의 흔적들이 전부였다. 그런 정보로 흉수들이 어떤 유형의 자들인지 추측하는 것은 가능하지만, 그들이 정체까지 알아내는 것은 쉽지 않은 일이었다.

북화문이 요구하는 것은 그들의 정체였다. 시신의 상흔으로 그런 것들을 찾을 수는 없었다.

"일이 벌어진 것이 하루 이틀 전이라면 그 현장에서부터 추적을 시작할 수도 있었을 텐데."

자왕 사송이 입맛을 다셨다.

자왕 사송과 유왕 서리는 타고난 육감을 바탕으로 적의 기습을 방비하거나 혹은 추격하는 데 타의 추종을 불허하는 능력을 지니고 있었다.

하지만 그런 그들조차도 이미 보름 이상 지난 사건의 현장에서 적을 추적할 수는 없었다.

그러자 한동안 말없이 생각에 잠겨 있던 불사 나왕이 입을 열었다.

"내가 한번 실마리를 찾아보겠소."

"어떻게 말이오?"

자왕 사송이 의아한 표정으로 물었다.

불사 나왕의 무공이 십이천문 내에서 가장 강한 것은 인정하지만 흉수들을 추적하는 일은 다른 문제기 때문이었다.

그래서 애초에 이 청부를 받을 때부터 흉수들을 추적하는 일은 사송 자신과 유왕 서리의 몫이라고 생각하고 있었던 그였다.

"늙은 친구의 도움을 받아야 할 것 같소."

"늙은 친구? 누구 말이오?"

"그런 사람이 있소. 그라면 분명 북화문에 일어난 일의 단서를 찾을 수 있을 것이고, 또한 그즈음, 혹은 최근에라도 개봉에 나타난 의심스러운 자들의 존재를 파악했을 거요."

나왕의 말에 사송이 더욱 이해할 수 없다는 표정을 지었다.

"아니, 개봉에 드나드는 자들이 한두 사람도 아니고 어떻게 의심스러운 자들의 존재를 알 수 있단 말이오?"

수십만의 사람이 살아가는 대도가 개봉이다. 당연히 성에 드나드는 자들 중 의심스러운 자들을 찾는 것은 거의 불가능한 일이었다.

"그런 사람이 있소. 특히 기루나 유곽 주변에 나타난 자들은 분명 그의 눈을 피하지 못했을 거요."

나왕이 담담하게 말했다.

"대체 그가 누군가요?"

유왕 서리도 호기심을 참기 어렵다는 듯 재촉하며 물었다. 그러나 자왕이 말했다.

"두 분도 들어보셨을 거요. 노광이라고……."

"노… 광이라… 아! 천면개!"

사송이 머릿속에 한 사람을 떠올리고는 놀란 듯 소리쳤다.

"정말 그 천면개를 말씀하시는 건가요?"

서리도 나왕의 말에 적지 않게 놀란 표정이었다.

"그렇소. 그를 만나면 흉수의 정체는 몰라도 의심스러운 자들을 쫓을 만한 단서는 발견할 수 있을 거요. 분명 흉수들은 지금도 북화문에 속한 기루나 유곽 주변에 머물고 있을 테니 말이오. 혹은 북화문의 본거지 근방에 있을 수도 있고……."

"그라면 가능성이 없진 않지요."

서리가 고개를 끄떡였다.

그러자 사송이 물었다.

"그런데 그와 이런 일을 부탁할 정도의 친분이 있었소이까?"

"몇 안 되는 믿을 수 있는 사람이라고 할 수 있소."

나왕이 대답했다.

"그렇다면야……."

사송도 고개를 끄떡였다. 그러자 나왕이 이번에는 적월을 보며 말했다.

"함께 가자꾸나."

"저도요?"

"음, 그 양반은 너도 한 번은 만나봐야 할 사람이다."

나왕은 이 기회에 적월을 개봉의 늙은 거지 노광에게 소개시킬 생각인 모양이었다.

본래 사람을 멀리하는 나왕이지만, 무림맹 시절부터 인연을 맺은 개방의 늙은 거지 천면개 노광만큼은 나이 차이를 떠나 스스럼없이 대할 수 있는 사이였다.

그건 어쩌면 추레한 자신의 몰골과 거지 출신인 노광 사이에 본능적으로 공유하는 뭔가가 있기 때문일 것이다.

"알겠어요. 지금 가실 건가요?"

적월이 물었다.

"음, 미룰 일은 아니지."

나왕이 고개를 끄떡였다. 그러자 갑자기 기회를 보고 있던 공예가 소리쳤다.

"저도요. 저도 함께 가요."

"아서라. 놀러 가시는 게 아냐!"

유왕 서리가 엄한 표정으로 말했다.

"하지만… 개봉성이 가까이 있는데, 한 번도 제대로 구경하지 못했잖아요?"

공예가 뾰루퉁한 표정으로 말했다.

가족의 복수를 할 때는 어린애답지 않은 독심을 드러냈지만 그 원한이 풀린 뒤에는 본래 나이인 십 대 후반의 소녀로 돌아온 공예였다.

하지만 그런 애교스러운 공예의 투정이 유왕 서리에겐 전혀 먹혀들지 않았다.

"어쨌든 이번엔 안 돼. 다음에, 이번 청부가 끝나면 그때 나와 함께 가보자꾸나."

"…알았어요. 사부님 말씀대로 할게요. 아무튼, 소요 오빠는 좋겠다."

공예는 적월을 소요라는 본래 이름으로 불렀다. 아마도 그건 자신의 사부인 유왕 서리와 자왕 사송이 소요라는 이름을 사용하기 때문인 듯싶었다.

"다음번에는 정말 같이 가자."

적월이 위로하듯 말하자 공예의 표정이 금세 밝아졌다.

"약속한 거죠?"

"그럼 당연하지. 사실 우리 십이천문에서 가장 부자는 공예 너인데 너와 함께 성에 가면 내게 훨씬 득이지."

"흐흐, 좋아요. 다음에 성에 가면 제가 거하게 한턱 쓰죠."

공예가 짐짓 능글맞은 웃음을 흘리며 말했다.

"하하하, 이거, 우리 어린 물주 비위 맞추려니 우리 같은 늙은 이는 힘이 드는구나."

사송이 호탕한 웃음을 터뜨렸다.

그러자 공예가 도도한 표정으로 말했다.

"아무튼 이번 청부 건이 끝나면 이 장원을 개축하느라 제게 빌려간 금자는 이자를 쳐서 갚으셔야 해요."

북두산문의 문주 백완에게 장원을 선물받은 이후 십이천문의 고수들은 장원 주변에 엄청난 나무를 심어 장원을 세상의 이목으로부터 감추고, 그 지하에는 은밀히 여러 개의 석실과 비도를 만들었다.

그리고 당시 장원 개축에 들어간 막대한 비용은 모두 공예가 구돈으로부터 회수한 금자로 충당했다.

당시 공예는 금자를 내놓으면서 나중에라도 십이천문이 청부를 수행하고 받은 청부금으로 이자를 쳐서 자신이 내놓은 금자를 돌려받겠다고 선언했다.

그래서 졸지에 십이천문의 고수들은 어린 공예의 빚쟁이가 되고 만 것이다.

그 이유로 지금 공예는 채권자로서의 도도함을 마음껏 드러내고 있었다.

"그럼 여부가 있겠느냐? 당연히 네 금자를 먼저 갚아야지."

사송이 고개를 끄떡였다.

"좋아요. 이자를 받으면 제가 모두에게 한턱 크게 쓰지요."

공예가 말했다.

"아이고, 우리 물주님 고맙기도 하셔라. 난 아주 비싼 술을 먹을 테다."

사송이 공예를 보며 협박하듯 말했다.

"후후, 걱정 마세요. 자왕 백부님의 술값 정도는 언제든지 내드릴 수 있으니까."

공예가 지지 않고 대답했다.

*　　　*　　　*

개봉성 북쪽의 어둑한 성의 그늘을 따라 작은 실개천이 흐르고 있었다. 성내에서 흘러나오는 오수가 섞여 흐릿해진 물색의 개천에선 오후쯤 되면 역한 냄새가 올라와 사람들의 코를 찡그리게 만들었다.

딱딱딱!

오수가 흐르는 실개천 위쪽으로 만들어진 작은 돌다리, 황개교 위에서 한 중년 사내가 나무 작대기로 다리의 난간을 때려댔다.

장난치듯 때려대는 소리가 제법 사람들의 귀를 아프게 만들었다. 그러자 다리 밑에서 헝클어진 머리를 때 묻은 천으로 묶은 젊은 거지가 걸어 나오더니 다리 위를 보며 느릿하게 말했다.

"내려오시랍니다."

그러자 나무 작대기로 다리 난간을 치고 있던 사내가 물었다.

"내가 누군지 알고?"

"죽지 않는 사람이라고… 사부께서 말씀하시던데, 정말 누구십니까?"

젊은 거지가 오히려 궁금한 표정으로 물었다.

"사부가 그리 말하더냐?"

"예. 그런데 진짜 누구세요?"

"그건 곧 알게 될 거고… 네 사부에게 전해라. 내가 술 한잔 살 테니 위로 올라오라고."

사내의 말에 젊은 거지가 목이 마르는지 혀를 내밀어 자신의 입술을 축이며 물었다.

"술이요?"

"그래. 시간이 없으니까 빨리 나오라고 해라. 아니면 그냥 간다고."

그런데 사내의 말이 끝나자마자 갑자기 다리 밑에서 굵직한 목소리가 흘러나왔다.

"아아, 기다리시게. 이미 나왔네."

말이 끝나기도 전에 초로의 거지가 다리 밑에서 기어 나와 어느새 다리 위를 올려다보고 있었다.

"오랜만입니다."

"그러게. 한 육 년쯤 되었나?"

"그쯤 되었을 겁니다."

"벌써 그렇게 됐나? 그런데 자네는 전혀 늙질 않는군."

늙은 거지가 다리 위 사내를 보며 말했다.

그러자 사내가 심드렁하게 대답했다.

"애초에 나같이 생긴 얼굴이 늙어봐야 얼마나 더 늙겠습니까?"

"흐흐, 하긴… 천하제일의 추남이랄 수 있는 불사 나왕에겐 흐르는 세월 따위 애초에 신경 쓸 바가 아니지."

늙은 거지가 놀리듯 말했다.

다리 위 사내는 북화문에 일어난 일을 조사하기 위해 개방의 천면개 노광을 만나러 성에 온 불사 나왕이었다.

"불사……."

늙은 거지 입에서 불사 나왕이라는 말이 흘러나오자 나왕에게 노광의 말을 전했던 젊은 거지가 파랗게 질린 표정으로 고개를 들어 나왕을 바라봤다.

"왜, 오금이 저리냐?"

천면개 노광이 젊은 거지를 보며 물었다.

"미리 말씀해 주셨어야죠."

젊은 거지가 화가 난 표정으로 노광을 바라봤다.

"흐흐흐, 네놈이 그래도 운이 좋구나. 난 이참에 네놈의 버르

장머리를 고쳐주려 했는데, 불사께 큰 실수는 하지 않았으니까."

"하여간 사부님의 장난은 때를 가리지 않으시는군요. 좋습니다. 이 빚은 조만간 갚아드리지요. 아무튼… 대협! 개방의 제자 승청이 늦게나마 인사드립니다."

젊은 거지 승청이 모습에 어울리지 않는 정중한 모습으로 나왕에게 인사를 했다.

"언제 들어왔는가?"

나왕이 물었다.

"개방에 든 지는 칠 년, 사부님을 모신 지는 삼 년 되었습니다."

승청이 대답했다.

"그렇군. 좋은 사부를 만났네. 잘 모시게!"

"…그건……."

젊은 거지 승청이 뻘쭘한 표정으로 천면개 노광을 보며 말꼬리를 흐렸다.

그러자 노광이 호통을 쳤다.

"이놈아! 불사가 그렇다면 그런 거야. 내가 얼마나 좋은 스승인지 불사가 인정했으니까 앞으로 시키는 일에 토 달지 말고 잘해. 자, 불사! 어디로 가서 술을 사시겠는가?"

노광은 제자 승청이 대답할 기회도 주지 않고 나왕에게 물었다.

그러자 나왕이 대답했다.

"그야 개봉의 주인인 천면개께서 정해야지요. 난 그저 술값만

낼 뿐입니다."

"흐흐, 좋아. 그럼 내가 정하지!"

노광이 만족한 웃음을 지으며 훌쩍 다리 위로 날아올랐다.

제4장
우연처럼 인연이 이어진다

"지금 뭐 하자는 건가?"

그나마 술은 명주라 불릴 수도 있었다. 대신 장소가 비싼 주루나 기루가 아니라 한적한 개울가였다.

좋은 술을 사겠다는 말에 선뜻 나왕을 따라나선 천면개 노광이 개울가 버드나무 아래 엉덩이를 붙이고 앉은 나왕을 보며 따지듯 물었다.

"좋은 술을 산다고 했지 않습니까?"

"그랬지. 그런데 맨바닥에 앉아 술을 마시자고?"

노광이 절대 나왕 곁에 앉을 수 없다는 듯 물었다.

"맨바닥이라뇨. 제 제자가 깔아 놓은 멍석이 있지 않습니까?"

"흐흐흐, 설마 거지보고 풍류쟁이 흉내를 내라는 것은 아니겠지?"

"거지가 아무리 금자를 낸다 해도 주루에 들어갈 수 있나요. 받아줄 곳이 없을 겁니다. 그러니 이쯤에서 타협하시죠?"

나왕이 손에 든 다섯 개의 술병 꾸러미를 흔들며 말했다.

그러자 노광이 잠시 망설이는 듯하다 못 이기는 척 적월이 깔아 놓은 멍석에 엉덩이를 붙이고 앉았다.

그러고는 낚아채듯 나왕의 손에서 술병 꾸러미를 빼앗아 든 후 그중 하나를 들고 마개를 여는 동시에 입에 가져갔다.

꿀꺽꿀꺽!

노광이 단번에 입도 떼지 않고 술병 하나를 비웠다. 명주란 곧 독주인데 그 독주를 쉬지 않고 마셔대는 것을 보며 적월이 혀를 내둘렀다.

"커억! 좋다!"

술 한 병을 게 눈 감추듯 마셔 버린 노광이 술병을 내려놓으며 트림을 했다.

"그간 술에 주리셨나 봅니다?"

나왕이 물었다.

"거지가 언제는 마음대로 마실 수 있나. 더군다나 제자라고 들인 놈이 동냥질 실력이 변변찮아서 통 배불리 먹을 수가 없어. 하물며 술은 더하고……."

노광이 멀찍이 떨어져 있는 젊은 거지 승청을 흘겨보며 말했다.

"사부님 제자가 언제 사부님 배를 주리게 했다고 그러십니까?"

"그럼 배불리 먹었느냐?"

노광이 따지듯 물었다.

"그래도 하루에 두 끼는 챙겨 드리지 않았습니까?"

"허, 저런 버르장머리 없는 놈을 보았나. 사람이 하루에 세 끼를 먹어야지 어찌 두 끼가 다란 말이냐?"

"그야 사부께선 본래 아침 식사를 하지 않으시니까 그렇지 않습니까?"

"그 자리가 바로 술자리야. 그런데 넌 아침에 술을 가져 오지 못하잖아! 그러니까 꼬박 한 끼를 굶는 거지. 봐라. 제자라 함은 사부가 어느 곳에서 쉴지 모르니 미리미리 멍석을 들고 다니며 경치 좋은 곳에 자리를 잡아드리는 것이 바로 제대로 된 제자의 모습인 거다."

노광이 슬쩍 적월을 보며 말했다.

적월이 옆구리에 멍석을 끼고 다니다 버드나무 아래 깔아 놓은 것을 두고 하는 말이지만 사실 그건 적월에 대한 칭찬이라기보다 제자 승청을 꾸짖기 위한 핑계였다.

"아, 내가 저 아이 소개를 정식으로 안 했지요?"

그제야 나왕은 자신이 노광에게 적월을 정식으로 소개하지 않았다는 걸 깨달았다.

"제자인 것은 알겠고… 언제 들였나?"

"한 사 년쯤 되어갑니다."

"사 년이라. 그럼 송가장을 떠난 그 해?"

"그렇습니다."

"허! 한 번 정신을 차리니까 아주 무섭게 현명해지는군. 잘했네. 자네에겐 제자든 뭐든 사람이 필요한 시기였으니까."

"운이 좋았지요."

나왕이 뿌듯한 표정으로 적월을 보며 말했다.

그러자 노광이 다시 적월에게 시선을 주었다. 그리고 거지 같지 않은 날카로운 안광으로 적월을 살피다가 갑자기 투덜대기 시작했다.

"젠장, 정말 비교되는군. 비교돼. 누군 용의 아들을 제자로 들이고 누군 땅강아지 같은 녀석을 제자로 들였으니. 어찌 이 생에서 내 운은 이리도 박복하단 말인가. 거지 노릇에 비루한 제자라니⋯⋯."

"사부, 지금 그 말씀 절 두고 하시는 겁니까?"

젊은 거지 승청이 따지듯 물었다.

"그럼 너 말고 나에게 제자가 또 있느냐?"

"제가 어딜 봐서 땅강아지 같은 비루한 제자입니까? 이래 봬도 개방 삼결 제자 중 가장 뛰어나단 소리를 듣는 저인데⋯⋯."

"흥, 거지 새끼들 사이에서 뛰어나 봤자지. 저 아이를 좀 봐라. 딱 봐도 한눈에 잠룡의 자질을 가지고 있지 않느냐? 거기에 사부를 대하는 태도도 극진하고⋯ 허어⋯ 참!"

노광이 혀를 차며 입맛을 다셨다. 농담으로 한 말이지만 적월의 자질에 대한 칭찬만큼은 진심인 듯 보였다.

"자자, 제자는 그만 놀리시고. 적월, 이리 오거라."

나왕이 적월을 불렀다.

그러자 적월이 두 사람 앞으로 다가왔다.

"인사드려라. 내가 말했었지? 무림에 몇 안 되는 내 지인이 개방에 계시다고. 바로 그분이시다. 사람들은 천면개란 별호로 부른단다. 이유는… 때에 따라 이 양반이 전혀 다른 사람으로 변하기 때문이지. 사실은… 아주 무서운 분이다. 그러니 이분을 만날 때는 항상 조심하거라."

나왕이 미소를 지으며 말했다.

물론 적월도 노광에 대해 이미 알 만큼은 알고 있었다. 그러나 얼굴을 보는 것은 오늘이 처음이었으므로 노광에게 정중하게 고개를 숙여 인사했다.

"불파일맥의 장적월, 어르신께 인사드립니다."

"음, 그래. 아주 반갑구면. 불파일맥이 오랜만에 인물을 제대로 보고 제자를 들였군."

은근히 나왕의 추레한 몰골을 놀리는 말이다.

"개방만 하겠습니까?"

나왕이 희미한 미소를 지으며 대꾸했다.

그러자 노광이 껄껄 웃음을 터뜨리다가 문득 나왕에게 물었다.

"그런데 갑자기 왜 날 찾아오셨는가? 불사께서 이 비루한 거지에게 행차를 다 하시고, 거기에 술까지 사실 때는 분명 특별한 목적이 있기 때문일 터인데……."

"그렇습니다. 부탁드릴 일이 있어서 왔습니다."

나왕이 망설이지 않고 말했다.

"부탁이라. 이 또한 특이한 일이군. 부탁을 할 일이라면 결국 무림의 일이란 뜻인데, 그건 곧 불사께서 강호의 어떤 사건에 관여하게 되었다는 말이겠고… 다시 무림행을 하시는가?"

노광이 정색을 한 표정으로 물었다.

그러자 나왕이 서슴없이 대답했다.

"이미 알고 계시지 않습니까? 내가 십이천문이라는 청부문에 들었다는 것을! 개방의 눈과 귀가 개봉 인근의 청부 몇 건을 해결한 십이천문을 모를 리 없을 텐데요? 더군다나 내가 그곳에 속해 있다는 것도 굳이 숨기지 않았고……."

"후후, 역시 불사시군. 맞네. 알고 있었네. 그래서 내내 궁금했었어. 대체 불사 나왕이 뭐가 부족해서 청부문인가 하고 말이야."

노광이 진심으로 궁금한 표정을 지으며 말했다.

그러자 나왕이 대답했다.

"사람의 인연이란 알 수 없는 것이지요. 그래서 그 인연을 운명으로 받아들였습니다."

"그렇군… 그런데 그 십이천문 말이야. 혹, 십수 년 전의 십이지방과 관련이 있는 건가?"

"역시 짐작하고 계시는군요."

"음… 그들은 모두 죽지 않았나?"

"몇 사람은 살아 있더군요."

"그래? 그렇다면… 강호에 적지 않은 풍운이 일겠군."

노광이 걱정스러운 표정으로 말했다.

"그 바람이 일기를 기다리고 있습니다."

"일부러 십이천문을 드러냈다는 뜻이군. 십이지방을 공격한 흉수가 움직이기를 기다린다는 것이고… 혹 내가 도울 일이 그건가?"

노광이 심각한 표정으로 물었다.

그러자 나왕이 고개를 저었다.

"물론 십이천문의 등장에 반응하는 자들을 살펴주시면 고마운 일이지요. 하지만 오늘 온 것은 그 일 때문은 아닙니다."

"그래? 그럼 청부와 관련된 일이겠군."

노광이 다시 술병 하나의 마개를 따며 말했다.

"그렇습니다."

나왕이 대답했다.

"어디 일인가?"

"북화문의 일입니다."

나왕이 다시 대답하자 노광이 말없이 술병을 들어 꿀꺽꿀꺽 술을 마셨다.

그러고는 더러운 소매로 입가를 스윽 닦은 후 나왕을 보며 물었다.

"북화문의 일이라… 어쩌다 맡게 되었나?"

"그야 당연히 화문의 청부가 있었지요."

나왕이 의아한 표정으로 대답했다.

그러자 노광이 말없이 나왕을 바라보다 고개를 저으며 중얼거렸다.

"모르고 있나 보군."

"뭘 말입니까?"

나왕이 물었다.

"북화문에 자네와 인연이 있는 사람이 있네."

"나와 인연이 있는 사람이요? 그런 사람이 있을 수가 없는데… 송가장과 연관이 있습니까?"

"그건 아니네."

"그럼 누가……."

그러자 노광이 망설이다가 결국 입을 열었다.

"자네가 송가장을 떠나던 그즈음 내게 보냈던 여인 말일세."

"……."

순간 나왕의 말문이 막혔다. 그리고 본능적으로 적월의 눈치를 살폈다.

"뭐, 숨길 일은 아니지 않나?"

노광이 대단한 일도 아닌데 왜 그러냐는 듯 말했다.

"그, 그야 그렇지요."

나왕이 떨떠름한 표정으로 대답했다.

그러자 노광이 잠시 말을 끊고 나왕의 표정을 유심히 살피다가 물었다.

"이거… 그저 단순히 심부름이나 하라고 보낸 사람이 아니었던가?"

"아닙니다. 그냥 심부름을 부탁한 사람 맞습니다."

나왕이 얼른 고개를 저었다.

그러자 노광이 의심 어린 눈초리로 나왕을 보며 말을 이었다.

"아무튼 말이야. 그 연빈이란 여인이 화문의 사람이 되었네."

그러자 나왕이 혀를 차며 말했다.

"아니, 그렇게 기녀 노릇 그만하고 싶다더니 결국 다시 기녀의 일을 한단 말입니까? 그럼 그 물건들을 찾지 못한 모양이군."

나왕이 어두운 표정으로 말했다.

"그건 아닐세. 그녀는 자신이 숨겨두었던 진주를 찾았네."

"그럼 왜……."

"그걸 가지고 고향을 가거나 혹은 작은 상점이라도 장만해 살줄 알았는데 며칠 고민하더니 기루를 열더군. 춘몽원이라고… 이젠 이 개봉 땅에서 모르는 사람이 없는 유명한 기루지. 그것도 세 개나. 에… 나도 가끔……."

"가서 술을 얻어 드시지요."

젊은 거지 승청이 얼른 끼어들었다.

"이놈! 어른들 대화에 끼어들지 말거라."

노광이 호통을 쳤다.

하지만 승청은 입을 닫지 않았다.

"이제 보니 그런 이유가 있었군요? 난 또 무슨 대단한 은혜를 베풀어서 춘몽원주의 대접을 받는 줄 알았더니 결국 불사 대협 님과의 인연으로 그리된 것이군요?"

"이놈아, 그래도 춘몽원이 자리 잡을 수 있게 내가 음으로 양으로 도움을 준 건 사실이야."

"그렇다고 한 달에 한 번씩 춘몽원을 찾아가는 건 좀 심한 거죠."

"저, 저놈이! 아, 오해 말게. 내 춘몽원주를 곤란하게 하는 건 아니니까."

노광이 얼른 변명했다.

하지만 나왕은 노광이 기루에 가서 술을 얻어먹든 말든 그건 별로 관심이 없었다. 단지 그가 송가장을 떠나던 날, 기이한 인연으로 얽혀 하룻밤을 보낸 기녀 연빈과의 인연이 오늘 다시 이

어지게 된 것이 혼란스러울 따름이었다.

"왜 하필 기루였답니까?"

나왕이 물었다.

그러자 노광이 대답했다.

"어차피… 그 바닥을 떠난다고 과거가 사라지지는 않을 거라고 하더군. 그럴 바에야 제대로 한번 해보겠다고. 뭐, 결국 성공했다고 할 수 있지. 이젠 그녀가 직접 기루에서 손님을 받는 것도 아니고, 그녀의 얼굴을 볼 수 있는 사람도 극히 드물다고 하더군. 그것도 술을 따르기 위함이 아니라 금전의 거래를 한다던가?"

"재물을 많이 모은 모양이군요."

"그렇다네. 겪어보니 상재가 보통 뛰어난 게 아니더라고. 아마도 그래서 북화문의 칠화가 된 것 같네."

"칠화요?"

나왕이 놀란 표정으로 되물었다.

"그렇다네. 얼마 안 됐어. 달포나 됐나?"

"어떻게 칠화까지… 화문에서 화(華)의 칭호를 받을 수 있는 사람은 수뇌들로서 모두 무인들 아닙니까? 그녀가 무공을 수련했단 말인가요?"

"글쎄… 뭐, 조금 알기는 했겠지. 기루를 운영하는 사람이라면 도검쯤은 사용할 줄 알아야 하니까. 그러나 북화문 칠화에 어울리는 무공을 가지고 있느냐고 묻는다면 그건 아니네. 내공도 거의 없고……."

"그런데 어떻게 칠화가 되었단 말입니까?"

나왕의 의아한 표정으로 물었다.

"그것이 바로 그녀의 능력이라네. 그녀는 지난 몇 년 사이 개봉에 춘몽원이라는 기루 세 곳을 냈네. 각기 동서남쪽에 위치해 춘몽원 이름 앞에 방위를 붙여 부르는데, 하나같이 장사가 잘되지. 사실 이런 성공은 노력한다고 되는 것이 아니거든. 그녀에게 숨겨진 상재가 있었던 거지. 북화문의 문주는 그런 상재를 본 것이고……"

"음……"

노광의 말에 나왕이 나직하게 신음 소리를 냈다.

"왜? 부담스럽나?"

노광의 의미심장한 표정으로 물었다.

"성공했다면 축하할 일이지 부담스러울 건 아니지요."

나왕이 대답했다.

"그녀는 말이야. 간혹 자네에 대해 묻곤 했네."

"저에 대해서요?"

"음… 불사 나왕이란 사람이 어떤 사람인지 이젠 아마도 세상에서 누구보다 잘 알고 있을 걸세."

"……"

"그리고 자네의 존재를 굉장히 뿌듯해하더군. 마치……"

노광이 말꼬리를 흐렸다.

그러자 나왕이 더 이상 연빈에 대해선 말하기 싫다는 듯 화제를 돌렸다.

"아무튼 우리 십이천문에서 맡은 북화문의 청부가 무엇인지 짐작하시겠습니까?"

나왕의 물음에 노광이 심각한 표정으로 대답했다.

"몇몇 북화문 문도들이 죽은 것으로 알고 있네. 그 흉수들을 찾는 것인가?"

"그렇습니다. 도와주실 수 있겠습니까?"

"음… 어디까지?"

"두 달 새 개봉성에 드나든 자들 중 의심스러운 자들을 찾아주시면 됩니다. 특히 북화문 주변에 머물거나 서성이는……."

"정체를 밝히는 일은 십이천문이 맡고?"

"그렇습니다. 우리도 거기까지만이고 그들을 상대하는 것은 화문의 몫이지요."

"그렇군. 십이천문의 칼에는 피를 묻히지 않겠다는 뜻이군."

"뭐, 피를 보는 게 두렵지는 않지만 애초에 살문은 아니었지요."

"알겠네."

노광이 고개를 끄떡였다.

"이렇게 쉽게 허락하실 줄은 몰랐군요."

"음… 사실 이 일은 우리 개방에서도 주목하고 있었다네. 북화문도 북화문이지만 이 개봉에서 개방을 무시하고 이런 사달을 벌이는 자들은 아무래도……."

"공동의 적이라면 더 좋고요."

나왕이 말했다.

"그래서 말인데… 화문에서 알고 있는 것을 나도 좀 알 수 있을까?"

노광이 정색을 하며 물었다.

그러자 나왕이 되물었다.

"그게 조건입니까?"

"뭐, 그런 셈이지."

친분은 친분이고 거래는 거래라는 태도다. 그리고 그런 노광의 요구를 나왕은 당연하게 받아들였다.

"알겠습니다. 말씀드리지요. 흉수들은 화문의 문도를 죽이고 몇몇 기루의 루주들을 납치했습니다. 그리고 이달 보름까지 복종을 요구했지요."

"보름이라… 며칠 안 남았군."

"그렇지요. 그리고 흉수들에게 당한 화문 문도들의 시신을 보면 일단 천살객의 아류로 보이는 검흔이 있었고,"

"천살객 범차!"

노광이 놀란 표정을 지었다.

"뭐, 본류는 아닌 것 같고요. 두 번째는 독과 암기… 그리고 섭혼의 술이 나왔습니다."

"섭혼이라. 그건 또 좀 특이하군. 천살객은 대살수였지만 섭혼의 술을 사용치는 않았는데?"

"그렇지요. 그런데 이번 경우에는 섭혼술을 쓰는 자들이 주가 된 것 같습니다. 천살객의 검흔을 남긴 자들의 무공은 정통이라 보기 어렵더군요."

"알겠네. 또 다른 것은?"

노광이 묻자 이번만큼은 나왕도 입을 열기를 망설였다. 그러자 노광이 나왕의 말을 재촉했다.

"알겠지만 난 비밀이 있는 일은 맡지 않네."

명확한 경고다. 친분을 넘어선 개방 고수로서의 요구였다.

그러자 나왕이 심각한 표정으로 말했다.

"숨기려는 것은 아니고, 이 문제의 파장이 너무 커질까 걱정이 돼서 말하기 조심스럽군요. 음… 시신 하나에서 아주 미약하나마 흡정의 흔적이 발견되었습니다."

"뭣?"

노광이 화들짝 놀라 엉덩이를 들고 일어날 듯한 자세를 취했다.

"너무 미미한 흔적이어서 모두들 모르고 넘어갔더군요. 하지만……."

"분명 흡정의 흔적이다?"

"그렇습니다."

"어허! 혈풍인가?"

노광은 단지 흡정의 흔적이 발견되었다는 말만 듣고 강호에 혈풍이 불 것 같은 불안감을 느끼는 모양이었다.

"그 전에 막을 수 있다면 좋겠지요."

"화문만의 문제가 아니군. 이는 무림맹의……."

"무림맹의 개입은 없었으면 하더군요."

나왕의 노광의 말을 막았다.

"북화문의 문주가?"

"그렇습니다."

나왕이 대답했다.

"흠… 무림 세력들이 나대는 것을 원치 않는다는 뜻이군. 하긴 북화문은 늘 무림과는 일정한 거리를 두길 원했지. 하지만 그래도 흡정의 무공이라면 무림맹 모르게 넘어갈 문제는 아니네."

"일단 흉수를 알아낼 때까지는 비밀로 하지요. 그 이후에는 저도 모르는 일이고……."

"설마 십이천문은 정체를 밝힌 이후의 일에는 관여치 않겠다는 뜻인가?"

"말씀드렸듯이 우리가 살문은 아니어서……."

"허어! 흡정의 무공을 사용하는 마인을 찾고도 그냥 둔다고? 그건 불사 나왕의 모습이 아닌데……."

노광이 실망한 표정으로 말했다.

그러나 나왕이 우울한 표정으로 대답했다.

"무림맹 신응조의 나왕은 이제 없습니다. 이젠 십이천문의 나왕만 남았지요."

"흐흐… 귀산께서 서운해하시겠는데?"

"이미 알고 계십니다."

"흐흠… 북두산문의 일에 오셨었다고?"

"그것도 알고 계십니까?"

나왕이 놀란 표정으로 물었다.

"거지 새끼들이 놀면서 뭘 하겠나. 밥 동냥, 귀동냥, 눈동냥… 뭐 그런 거지."

"그녀의 소식은 들으셨습니까?"

나왕이 물었다.

"백완? 지금 사천에 있다고 하던데?"

"사천까지 갔나요?"

"멀리도 갔지? 하지만 충분한 이유가 있는 여행일세. 그녀가

강호 여행을 마치고 다시 백가산 북두산문으로 돌아올 때쯤이
되면 북두산문의 힘은 구패에 육박하게 될 걸세… 검신 백초산
실종 이후 초야로 숨어든 북두산문의 후예들이 그녀의 등장에
하나둘 모습을 보이고 있네."

노광이 심각한 표정으로 말했다.

그러자 나왕이 피식 실소를 흘리며 대답했다.

"훗, 구패가 긴장하겠군요."

"아무래도 그렇지. 북두산문이 어떤 곳인가? 짧으나마 고금제
일가로도 불렸던 곳인데……."

"좋은 구경거리가 생겼군요. 아무튼 언제까지 가능하시겠습니
까?"

"내일 밤에 황개교로 오게."

"알겠습니다."

나왕이 짧게 대답하고는 자리를 털고 일어났다.

＊　　　　＊　　　　＊

은은한 거문고 소리가 흘러나왔다.

주루는 번잡하거나 화려하지 않았다. 모르는 사람이 본다면
주루가 아니라 차를 마시는 다루(茶樓)로 생각할 수도 있었다.
그러나 주당들만이 느낄 수 있는 향기로운 주향은 이곳이 주객
들을 유혹하는 주루임을 분명하게 알려주고 있었다.

"한잔하시게요?"

주루 앞에서 걸음을 멈춘 나왕에게 적월이 물었다.

"아니… 내가 언제 주루에 가더냐?"

"인연이 있는 곳이라면서요?"

적월이 주루의 현판을 바라보며 물었다. 주루의 문 위쪽에 달려 있는 현판에는 부드러운 느낌의 춘몽원(春夢院)이라는 글씨가 보였다. 나왕과 하룻밤 인연이 있는 기녀 연빈이 세운 주루인 것이다.

"그렇다고 들어가서 술 얻어 마실 인연은 아니고……"

"정말 무슨 사이예요?"

적월이 물었다.

나왕은 자신의 과거에 대해 거의 모든 이야기, 송가장 일족에게 이용당한 시절의 이야기조차도 빠짐없이 적월에게 이야기했었다.

하지만 기녀 연빈과의 하룻밤 인연은 적월에게 말하지 않았다. 그것이 부끄러운 과거라고 생각해서는 아니었다.

그냥 그 하룻밤은 자신만의 기억으로 남겨두고 싶기 때문이었다.

그리고 사실 제자에게 자신이 하룻밤 인연을 맺은 여인과의 일을 시시콜콜 이야기하는 것도 우스운 일이었다.

"그냥… 내가 몇 가지 일을 부탁했었지."

"일을요?"

"음, 대단한 건 아니고. 송가장에 작별의 서신을 전하는 것하고, 좀 전에 만난 천면개 어른에게 또 다른 서신을 전하는 것, 그렇게 두 가지 일을 부탁했었다. 그 일을 부탁하며 그녀가 기녀 생활을 청산하는 걸 도왔다. 그런데 다시 기루를 열어 화류계에 머물러 있을 줄은 몰랐구나."

나왕의 말에 적월이 고개를 끄떡였다.

"그런 인연이 있었군요. 하지만 그 정도면 술 한잔 얻어먹을 인연은 있는 것 같은데요?"

"후후, 그녀가 이제 북화문 칠화라지 않더냐? 과거의 인연을 들먹이기는 어려운 신분이지."

"불사란 별호에 비하면 그래도 조족지혈이죠."

적월이 스승에 대한 자부심을 드러내며 말했다.

"그만하자. 잘살고 있으면 된 거고. 또 북화문의 일을 하다 보면 만날 수도 있겠지. 굳이 일부러 찾을 필요는 없다. 가자."

나왕이 걸음을 옮기며 말했다.

"그런데 천면개 어른께서 그들의 흔적을 찾아내실까요?"

"분명히!"

나왕이 확신했다.

"왜 그렇게 확신하세요?"

"후후, 흡정이라는 말이 나오는 순간 개방의 천면개라면 절대 소홀히 할 수 없는 일에 말려든 것이니까. 개방은… 구패에 속하는 문파는 아니지만 강호무림의 전통으로 보자면 감히 구패도 넘보지 못할 권위가 있는 곳이다. 다시 말해 그들에게 무림은 무척 중요한 곳이란 뜻이다."

나왕의 말에 적월이 한 줄기 미소를 지었다.

"일부러 말씀하신 거군요? 흡정의 흔적에 대한 것은……."

"어차피 알아야 할 일이기도 하고……."

나왕이 부인하지 않았다.

"그렇다면 무림맹에 소식을 전하지는 않을까요?"

"적어도 그들의 정체를 알아내기 전에는 입을 닫을 거다. 나와의 약속을 어길 사람은 아니니까."

나왕이 대답했다.

"그렇군요. 하긴 농이 심하시긴 해도 믿을 만한 분인 것 같았어요. 그런데 장원으로 돌아가실 거예요?"

"그러기에는 늦었지."

"그럼 객잔이라도 갈까요?"

"그러자꾸나. 하룻밤쯤 성내 시전의 야경을 구경하는 것도 나쁘지 않지."

"하하, 공예 동생이 서운해하겠어요."

"그러게. 이제 생각하니 데리고 나올 걸 그랬구나."

나왕도 희미한 미소를 지어 보였다.

*   *   *

"저자들인가?"

천면개 노광이 물었다. 그러자 헝클어진 머리에, 얼굴에는 검버섯이 듬성듬성 나 있는 중년 거지가 대답했다.

"그렇습니다."

"두 달째라고?"

"예. 씀씀이도 적지 않은데 낮에는 잘 움직이지 않고, 간혹 밤에 은밀히 움직이는 자들도 있습니다."

중년 거지의 대답에 천면개 노광이 고개를 끄떡였다.

"어떤 여행객도 한 성에 아무것도 하지 않은 채 두 달이나 머물지는 않지. 일이 있지 않은 이상은……."

노광이 고급스러운 객잔을 나서는 다섯 사람을 보며 중얼거렸다. 한 사람을 호위하는 듯한 모습으로 움직이는 다섯 사내는 의심 없이 보면 여행객처럼 보일 뿐 특별한 느낌을 주지 않았다.

그러나 다른 사람에겐 몰라도 개방의 노련한 고수 노광에게는 그 평범함이 오히려 특별하게 보이는 모양이었다.

"주로 북화문과 인연이 있는 주루를 드나든다는 것도 의심스러운 일입니다."

"알겠네. 접근하지 말고 멀리서 지켜만 보게."

"저들의 정체를 밝히는 것이 아니었습니까?"

중년 거지가 의아한 표정으로 물었다.

"그 일은 다른 사람들이 할 걸세."

"누가……."

"그건 나중에 말해주겠네. 아무튼 꼬리만 놓치지 말게."

"그거야 뭐 어려운 일이 아니지요. 사실 오늘이 특별한 거지 평소에는 객잔에만 머무는 자들이니."

"그러다가 하루아침에 모습을 감추는 것이 무림의 사람들이 아닌가."

"그야 그렇지요."

중년 사내 금세 자신의 실수를 인정했다.

"의심되는 다른 자들은 더 없었나?"

"몇몇이 있기는 하지만, 그들 중 화문을 도모할 만한 기세를 지닌 자들은 없었습니다. 겨우 흑도 나부랭이 정도……."

"알겠네. 그래도 혹시 모르니 다른 자들도 주의해서 살펴보게."

"알겠습니다."

중년 사내가 대답했다.

"그럼 난 술값을 치르러 가야겠군."

노광이 다시 한번 객잔에서 나온 무리들을 바라보고는 어슬렁거리며 걸음을 옮기기 시작했다.

"어서 오십시오!"

개봉성 북동쪽에 위치한 구교객잔은 그리 크지 않지만 인근에선 유서가 깊은 객잔으로 알려진 곳이다. 그래서 구교객잔은 아무나 머물 수 있는 객잔이 아니었다.

손님을 많이 받지 않는 것은 객잔의 크기와 관련이 있긴 하지만 그보다는 오래전부터 손님을 가려 받는 전통이 있기 때문이기도 했다.

그런 구교객잔의 총관 여순은 객잔 문을 열고 들어온 새로운 손님들을 빠르게 훑어보며 그 와중에도 정중하게 인사를 했다.

"머물 방이 있소?"

여순의 인사를 받은 손님 중 한 명이 물었다. 그러자 구교객잔의 총관 여순이 미소를 지으며 대답했다.

"아이고, 이거 죄송합니다. 마침 객잔의 모든 방에 손님이 들어서… 죄송하지만 다른 곳을 찾아보셔야 할 것 같습니다."

"이렇게 이른 시간에 벌써 객방이 모두 찼단 말이오?"

손님이 믿을 수 없다는 듯 되물었다.

"그렇습니다. 저희 구교객잔이 비록 규모는 작아도 여행객들 사이에 입소문이 나 있는 곳이라서… 몇 달 전에 예약을 하는 분도 계십니다."

여순이 은근히 객잔 자랑을 하듯 말했다.

그러나 사실 여순의 본심은 객잔 자랑이 아니라 이른 저녁 객잔을 찾은 이 추레한 무리의 손님들에게 주제를 알고 물러가라는 의미에서 한 말이었다.

그의 오랜 경험으로 판단하기에 이 손님들은 감히 구교객잔에 머물 지위나 신분을 가지고 있는 자들이 아니었다.

그런데 이 손님들은 그런 여순의 생각 정도는 쉽게 읽을 수 있는 사람들이었다.

그중에서도 특히 작은 키에 여순을 빤히 올려다보며 말을 하고 있던 자왕 사송은 더욱 사람의 마음을 읽는 재주가 탁월한 사람이었다.

또한 그는 본래 받은 대로 돌려주는 성격을 가진 사람이어서 이런 경우 조용히 물러갔다가 한밤중에 몰래 다시 와 객잔 기둥을 잘라 버릴 수도 있는 인물이었지만, 오늘은 그렇게 화를 풀기에는 해야 할 일이 너무 중요했다.

그래서 사송은 평소와는 다른 방법을 쓸 수밖에 없었다.

"음… 구교객잔이 무척 훌륭한 곳이라는 소문은 나도 들었소. 그래서 난 이번에 꼭 구교객잔에서 하룻밤 묵어가고 싶은데 혹 방법이 없겠소?"

말을 하며 사송이 가볍게 허리춤의 옷깃을 접었다. 그러자 그의 허리춤에서 세 갈래 갈고리 모양의 기병이 잠시 모습을 드러냈다 사라졌다.

순간 여순의 표정이 굳었다.

가끔 이렇게 도검을 든 무림인들이 찾아와 머물기를 강요하는 자들이 있었다.

그러나 구교객잔은 그에 대한 준비 또한 철저히 되어 있는 객잔이었다.

"손님… 본 객잔은 힘자랑을 하는 곳이 아닙니다. 무림의 영웅께서 겨우 객방 하나 얻자고 검을 뽑으셔서야 되겠습니까? 물론… 원하시면 그에 대한 답을 드릴 수도 있습니다만."

말을 하며 여순이 가볍게 손을 들었다.

그러자 갑자기 객잔의 동서남북 어두운 그늘 속에서 몇몇 사람이 모습을 드러냈다. 정갈한 무복에 도검을 패용한 그들은 구교객잔의 호위 무사들이 분명했다.

그러나 구교객잔의 숨어 있던 무사들까지 등장했지만, 자왕 사송은 그들에게 전혀 관심을 두지 않았다. 대신 그는 실실 웃음을 흘리며 여순에게 말했다.

"물론 나도 여기서 칼 솜씨를 뽐낼 생각은 없소. 물론 혹시라도 그렇게 된다면 오늘 이 구교객잔은 문을 닫아야 할 테지만! 그러나 걱정 마시오. 내가 하고 싶은 것은 힘자랑이 아니라 돈 자랑이니까."

사송이 어느새 그의 애병과 함께 허리춤에 매달려 있던 전낭을 꺼내 들어 여순에게 건넸다.

그러자 여순이 얼떨결에 전낭을 받아 들며 말했다.

"하지만 아무리 금자가 많으셔도 없는 방을……."

"일단 보시오."

사송이 여순의 말을 끊으며 말하자 여순이 받은 전낭을 열었다. 그러자 그 안에서 금자 몇 개와 함께 한 장의 작은 종이가 보였다.

"이게 뭡니까?"

적어도 고집을 부리려면 천금의 전표나, 혹은 귀한 보석 정도는 들어 있어야 하지 않느냐는 듯한 표정으로 여순이 물었다. 겨우 금화 몇 닢으로 돈 자랑을 하겠다는 것은 구교객잔을 조롱하는 것이나 마찬가지였다.

"읽어보시오."

사송이 화난 듯한 여순에게 턱으로 전낭 안 작은 종이를 가리켰다. 그러자 여순이 화를 참으며 종이를 꺼내 그 위에 적힌 글씨를 읽었다.

그 순간 여순의 얼굴색이 확 변했다. 그리고 급히 사송 일행에게 말했다.

"모시겠습니다. 따라오십시오."

다른 어떤 말도 없었다. 여순은 심각한 표정으로 묵묵히 사송 일행을 안내했다.

사송 일행은 여순을 따라 그가 이끄는 대로 객잔의 2층으로 올라갔다.

"이곳이 좋을 것 같습니다."

여순이 객잔의 2층 정중앙에 위치한 방문을 열며 말했다.

"나쁘지 않구려."

사송이 고개를 끄덕였다.

"방 하나를 더 내어드릴까요?"

빈방이 없다던 좀 전의 말은 까맣게 잊은 듯 여순이 물었다.

"됐소. 하나면 족하오."

"알겠습니다. 혹 식사라도?"

여순이 다시 물었다.

"됐소. 더 이상 우린 신경 쓰지 않아도 좋소."

"알겠습니다. 그럼!"

여순이 정중하게 고개를 숙여 보인 후 사송 일행에게서 멀어졌다. 그러자 사송이 다른 사람들을 보며 말했다.

"역시 화문의 힘이 세긴 세구려."

"정말 그렇구려. 이곳은 화문에 속한 것도 아닌데 북화문주의 서찰 한 장에 없다던 방을 다 내어주고……."

불사 나왕이 대답했다. 그러고는 객방 안쪽으로 이동해 밖으로 난 창을 열었다. 서늘한 저녁 기운이 한꺼번에 밀려들어 왔다.

"어떻소이까?"

창을 연 나왕 곁으로 다가서며 자왕 사송이 물었다.

"나쁘지 않구려. 누군가 움직인다면 우리 눈을 피할 수 없을 거요."

나왕이 창밖 작은 길을 사이에 두고 마주 서 있는 또 다른 객잔을 보며 말했다.

창을 통해 보이는 객잔은 구교객잔만큼 고풍스럽지는 않았지만 대신 그 규모가 구교객잔의 두어 배는 되어 보였다. 위치는 구교객잔보다 조금 아래쪽에 있어서 나왕 등이 있는 2층 객방에 선 건너편 객잔의 모든 것이 한눈에 들어왔다.

"그자들이 움직일까요?"

어느새 두 사람 뒤로 다가온 적월이 물었다.

"움직이면 좋지만 움직이지 않아도 괜찮다."

자왕 사송이 대답했다.

"움직이지 않으면 개봉에 들어와 있는 흉수들의 본거지와 정체를 알아내기 힘들잖아요?"

"그자들이 떠들어대는 걸 듣는 것만으로도 족해."

"건너가시게요?"

적월이 조금 놀란 표정으로 물었다.

비록 두 객잔이 길 하나 사이로 붙어 있기는 해도 허공을 날아 건너편으로 가기에는 제법 거리가 있었다.

"필요하다면 못할 것도 없지만, 그자의 방이 가까우니 굳이 건너갈 필요는 없다."

"……."

적월이 사송의 말을 이해하지 못하겠는지 사송을 바라봤다. 그러자 불사 나왕이 사송 대신 말했다.

"자왕께선 이곳에서도 그들의 대화를 들을 수 있다고 말씀하시는 거다."

"예? 정말요?"

"내 별호가 괜히 자왕인 줄 아느냐? 낮말은 새가 듣고 밤에 하는 말은 누가 듣는다고?"

"그야 말조심하란 뜻이죠."

사송의 말에 적월이 고개를 저으며 말했다.

"흐흐, 그저 말조심하라는 충고의 뜻만 있는 것은 아니다. 그 만큼 쥐들이 청각이 뛰어나단 의미기도 하지. 사실 쥐들은 사람보다 몇 배나 뛰어난 청각을 가지고 있단다. 난 그 쥐들의 왕이라 불리는 사람이고… 기대해도 좋다."

말을 하고 나서 사송이 창문을 묘한 각도로 닫았다. 아주 닫은 것이 아니고 일행이 주목하고 있는 건너편 객방이 살짝 가려질 만큼만 창을 닫은 나왕이었다.

그러면서 적월에게 가르치듯 말했다.

"각도를 잘 맞추면 밖에서 들려오는 소리를 조금 더 크게 만들 수 있다. 단순한 기술이지만 이런 것도 나중에는 다 써먹을 일이 있으니 알아두거라."

"신기하군요."

"음… 나와 함께 다니다 보면 신기한 구경을 많이 하게 될 거다. 물론 서리 동생도 재주가 많지만."

"함께 올 걸 그랬어요."

적월은 유왕 서리가 없는 것이 서운한 모양이었다.

"그래도 아직은 장원을 완전히 비울 수는 없으니까. 물론 서리 동생이 함께 왔다면 놈들을 추격하는 것이 훨씬 쉬웠을 테지만……."

사송도 조금은 아쉬운 모양이었다.

그때 불사 나왕이 급히 말했다.

"누가 온 것 같소."

나왕의 말에 사송과 적월이 동시에 건너편 객방으로 시선을 돌렸다. 객방에선 어느새 붉은빛이 창을 통해 은은하게 새어 나오고 있었다.

제5장
사교(邪敎)의 후예

"배는 무사히 들어왔는가?"

"그렇습니다."

"사부님께서는?"

"보름까지는 배에 머무신답니다."

"음… 아무래도 내가 가서 봬야겠군. 그런데 만족하시던가?"

"나쁘지 않다 하셨습니다. 그래서 더욱 화문을 접수하는 일에 실수가 있어서는 안 된다 하셨습니다."

"그렇겠지. 이는 사부님의 천일연공을 완성하는 단계니까. 무사히 연공을 끝내시면 본 교는 물론 천하가 사부님 발아래 무릎을 꿇게 될 것이다."

"물론이지요. 그 누구도 주군을 거역하지 못할 것입니다."

"좋아. 자시에 움직인다. 주변의 경계를 철저히 하라. 화문에서 특별한 자들에게 도움을 청했다는 소식이 있었다."

"특별한 자들이라면?"

"글쎄… 정확히는 모르겠는데 청부문이라고 하더군."

"살수를 썼단 뜻입니까?"

"그렇게 봐야겠지."

"굴복하지 않겠다는 의미군요."

"일이… 수월치는 않겠어. 하기야 화문의 뿌리는 생각보다 깊으니까."

"그런다 한들 견딜 수 없을 겁니다. 주군께서 직접 오셨으니."

"화문이 문제가 아니라 무림의 시선을 끌까 그것이 걱정되는 것이지. 이 일이 어려운 것은 바로 그 때문이야. 아무튼 보름까지 굴복하지 않으면 그 즉시 북화문주 담교언을 제압한다. 그리 알고 준비하도록."

"알겠습니다."

"그럼 자시까지는 모두 쉬도록 하라."

"예, 대공자님!"

*　　　　　*　　　　　*

건너편 객잔에서 들려오는 말을 정확히 들을 수 있는 사람은 자왕 사송뿐이었다.

물론 자왕 사송이 교묘하게 열어놓은 창문 때문에 불사 나왕이나 적월도 길 건너 객방에서 들려오는 사람들의 목소리를 어렴풋이 들을 수 있었지만 그 정확한 내용을 파악하기는 힘들었다.

그래서 대화가 끝났을 때 두 사람은 자왕의 설명을 듣기 위해 그를 바라봤다.

"사부란 자가 배를 타고 황하 기슭에 와 있고, 이곳에 있는 자는 그의 제자인 듯하오. 이들은 보름에 북화문주가 굴복하지 않으면 그 즉시 그녀를 제압해 북화문을 손에 넣을 생각인 듯하오. 그런데……."

자왕 사송이 말을 하다 말고 심각한 표정으로 아미를 모았다.

"문제가 있소?"

나왕이 물었다.

"이자들이 북화문을 접수하려는 이유가……."

"언뜻 들으니 천일연공이란 말이 들리던데 그에 대한 이야기요?"

"그렇소이다. 객방에 든 자의 사부가 천일연공 중인데 그 연공을 완성하면 무림을 지배할 수 있다고 자신하고 있소. 그런데 그 연공의 완성을 위해 북화문이 필요하단 것이오."

사송이 자신이 들은 말을 설명하면서 나왕을 바라봤다.

그러자 나왕도 심각하게 표정이 변했다. 두 사람 사이에 약간의 침묵이 흘렀다. 그러다가 사송이 다시 입을 열었다.

"저자들의 말로 추론을 해보면……."

"역시 흡정의 술……."

나왕이 대답했다.

"이런 말도 했소이다. 그들의 사부가 제자가 건넨 무엇인가에 만족했고, 그래서 더욱 북화문에 욕심을 낸다고 말이오. 그건 곧······."

사송이 말꼬리를 흐렸다.

"불행한 일이지만 앞서 잡혀간 북화문의 루주들은 이미 희생이 되었을 수도 있겠구려."

"흡정의 술에 말인가요?"

두 사람의 대화를 듣고 있던 적월이 급히 물었다.

"그런 것 같구나."

사송이 침울한 표정으로 대답했다.

"정말 사악한 자들이군요!"

적월이 화가 난 표정으로 말했다.

"그러게 말이다."

사송이 고개를 끄떡였다. 적월만큼 그도 분노한 듯 보였다.

그러자 적월이 다시 입을 열었다.

"더 나쁜 것은 그자들이 다른 사람들도 아닌 북화문의 사람들을 흡정의 대상으로 삼으려 한다는 거예요. 그녀들은 이미 삶의 밑바닥에 떨어져 살고 있는 사람들인데 그렇게 불쌍한 사람들을······."

"그래서 더욱 북화문을 택한 것일 거다."

"기녀들이라 그렇게 죽어가도 아무도 신경 쓰지 않는다는 뜻이군요?"

적월이 되물었다.

"그런 의미도 있지만, 흡정의 무공을 수련하는 데 북화문의 사람들이 가장 적합한 소모품이란 뜻이다."

"왜요?"

"흡정의 술로 무공을 수련하는 데는 두 가지 방법이 있다. 하나는 불특정 다수의 사람으로부터 정기를 빼앗는 것인데, 이는 곧 사람이 선천적으로 가지고 있는 생기를 흡수해 자신의 내공을 높이는 방법이지. 하지만 이 방법에는 큰 단점이 있다. 아주 많은 숫자의 사람을 희생시켜야 하기 때문에 반드시 세상의 그 악행이 드러나 강호공적으로 몰리기 십상이다. 결국 무공을 대성하기 전에 추살되곤 하지."

"다른 방법은요?"

적월이 호기심을 드러내며 물었다.

"두 번째 방법은 무공을 수련한 사람을 대상으로 흡정을 하는 것이다. 그렇게 되면 상대의 내공을 빼앗을 수 있어서 쉽게 공력을 높일 수 있게 된다. 수련 시간이 짧아지니 세상에 드러날 가능성도 적지. 그래서 대부분 흡정의 유혹에 빠진 자들은 이 방법으로 수련을 한다. 그중에서도 이성을 취하는 방법이 가장 많이 쓰이는데 그건 남녀의 음양술을 통하는 것이 흡정을 가장 빠르고 완벽하게 할 수 있기 때문이다."

"그래서 화문의 기녀들을… 북화문의 사람들은 다른 기녀들과 달리 무공을 수련한 사람들이 많으니까요."

적월이 고개를 끄떡였다.

"지금으로써는 그 이유 때문에 북화문을 노린 것 같구나."

사송이 말했다.

그러자 나왕이 무거운 음성으로 입을 열었다.

"그런 목적이라면 설혹 북화문의 문주가 그들의 요구를 받아들여 굴복을 한다 해도 북화문은 멸문을 피하지 못할 것이다.

왜냐하면 북화문의 중심이 되는 칠화야말로 흡정의 상대로 가장 좋은 사람들이니까."

"결국 싸워야 한단 뜻이군요? 북화문의 존속을 위해서는……."

"그래야 할 것 같구나. 일단 저들의 주군이란 자가 어떤 자인지 알아보고."

불사 나왕의 어두운 창문 너머 건너편 객방을 싸늘한 시선으로 바라보며 말했다.

                    *   *   *

툭!

어둠 속에서 객방의 창이 열렸다.

연이어 세 사람이 도둑처럼 모습을 드러내더니 창 위쪽에 드리워진 지붕의 난간을 잡고 훌쩍 몸을 날려 지붕 위에 올라섰다.

셋이 거의 동시에 지붕 위에 올라섰음에도 기왓장 밟히는 소리조차 나지 않았다.

지붕 위에 올라선 세 사내는 잠시 주위를 살핀 후 서로를 보며 고개를 끄떡이고는 북쪽으로 달리기 시작했다. 여전히 그들이 밟고 지나는 기와에서는 어떤 소리도 나지 않았다.

"우리도 가야죠?"

세 명의 흑의인들이 멀어져 가는 것을 창을 통해 보고 있던 적월이 나왕과 사송에게 말했다. 적월의 목소리엔 흑의인들을 놓칠 것을 걱정하는 기색이 역력했다.

그만큼 흑의인들은 빠르게 움직이고 있었다.

"조금 더 있다가 가자꾸나."

반면 사송은 여유가 넘쳐흘렀다.

"이러다가 놓치겠어요."

"후후, 이 녀석. 아직도 이 숙부를 믿지 못하느냐? 난 자왕 사송이다. 일단 눈에 들어온 이상 천하에서 날 따돌릴 자들은 없어."

"그래도……."

"네가 아직 이 숙부의 진면목을 실감하지 못하나 본데 오늘 제대로 보여주겠다."

자왕 사송이 호기롭게 말했다.

적월은 시간이 지날수록 점점 자왕에게 의구심을 가질 수밖에 없었다. 추격을 시작한 자왕의 행동이 도저히 무림 고수들을 추격하는 사람 같지 않기 때문이었다.

시작부터가 이상했다.

흉수들이 객잔의 지붕을 타고 북쪽으로 이동했으면 추격 역시 그들이 간 경로를 따라 움직여야 한다.

그런데 자왕 사송은 적월과 나왕을 객잔의 지붕이 아닌 정문 밖으로 이끌었다. 그들을 안내했던 구교객잔의 총관과 가벼운 인사마저 나누는 사송이었다.

그렇게 객잔을 나선 사송은 마치 대도 개봉을 유람 온 사람처럼 어슬렁거리며 시전과 골목길을 걸었다.

이건 도저히 추격이라고 할 수 없었다. 어떻게 이런 추격이 가능할 수 있단 말인가.

객잔을 떠난 흉수들의 모습이 보이지 않는 것은 당연한 일이었고, 이런 식이면 그들과의 거리가 점점 더 멀어지고 말 것이다.

"제대로 가는 건가요?"

결국 궁금함을 참지 못하고 적월이 물었다.

"걱정 말거라. 제대로 가고 있으니까."

"그들이 보여요?"

적월이 믿지 못하겠다는 듯 다시 물었다.

"내가 천리안을 가진 것도 아니고 어떻게 그들이 보이겠느냐?"

사송이 심드렁하게 대답했다.

"그런데 어떻게 제대로 추격을 하고 있다고 말씀하세요?"

"하수들이나 눈으로 추격을 하는 거야. 뛰어난 추적자는 육감을 모두 이용하지. 그리고 좀 더 뛰어난 추적자들, 나 같은 사람은 육감에 더해 머리로 적을 추적한다."

"머리로 추적을 한다고요?"

"그럼!"

"어떻게요?"

적월이 사송의 뒤를 바짝 따라붙으며 물었다.

"애초에 난 저들이 움직일 방향을 짐작하고 있었고, 지금은 그 방향으로 가면서 저들이 남겨놓은 흔적들을 확인하며 걷고 있는 거다. 그러니 이 추적은 절대 실패할 리 없어."

사송이 확신했다.

"그들이 어느 방향을 갈 줄 어떻게 아세요?"

"그들이 한 말 중에 답이 있지. 그들이 주군으로 모시는 자가 배에 타고 있다고 하지 않았느냐? 그건 곧 그들이 북쪽 황하 변으로 이동한다는 뜻이고, 그자의 신분이 범상치 않은 듯하니 배의 크기가 제법 클 것이다. 그렇다면 근방에서 큰 배가 정박할 만한 포구를 찾으면 되는 거다. 아마 서너 곳 있을 테지만 북쪽 방향이면 두 곳 정도, 그중에서 한 곳을 택하면 되는 거야. 이게 바로 머리로써 적을 추적하는 방법이다."

사송의 설명에 적월이 그제야 고개를 끄떡였다.

그 역시 객잔에서 흉수들이 했던 말을 들었던 터라 사실 여유를 갖고 생각하면 이 정도 추론은 능히 할 수 있었다. 다만 그와 사송의 차이는 마음의 여유에 있었다. 하지만 그렇다 해도 여전히 다른 의문이 남는다.

"좋아요. 포구 두 곳 중 한 곳으로 그들의 행선지를 좁힐 수 있다는 말에는 저도 동의해요. 하지만 그중 어느 곳으로 갔을지는 모르잖아요?"

"그때는 나의 감각이 답을 주지."

"설마… 육감으로 대충 짐작하시는 건 아니죠?"

"허어… 이 녀석이 정말 이 숙부를 우습게 아는구나. 쥐는 소리도 잘 듣지만 냄새도 잘 맡는다. 난 지금 그들이 이 길 위를 지나며 남긴 향을 따라 움직이는 거야. 다행히 밤이 깊어 향들이 위에서 아래로 내려오니 추격하기 딱 좋은 방법이지."

"향이라뇨? 체취를 말하는 거예요?"

"음… 체취라고 할 수는 없지. 아마도 그들 중 여인이 한 명

있는 것 같다. 아니면 여인처럼 자신을 꾸미길 좋아하는 자이던지. 객잔에서부터 느낀 거지만 사향을 쓰는 사람이 있었어. 본래 사향의 향기는 쉽게 숨길 수 없는 법이란다. 하물며 나 같은 감각을 가진 사람에겐 더더욱……."

사송의 말에 적월이 놀란 표정으로 사송을 바라봤다. 새삼스럽게 자왕에 대한 존경심이 생겨날 정도였다.

"뭘 그 정도로 놀라긴."

사송이 적월의 존경스러운 시선을 받자 어깨를 으쓱하며 거드름을 피웠다.

"배울 수 있나요?"

"뭐? 내 감각들?"

"예."

"그건 불가능하다. 물론 무공의 성취가 높아지면 높아질수록 신체의 감각들은 예민해지지만 사람인 이상 그런 발전에는 한계가 있고, 난 그냥 부모 잘 만나서 자연스레 타고 태어난 것이다. 그러니 배우는 것은 불가능하지. 서리 동생의 감각도 그렇고……."

"부러워요."

적월이 진심으로 부러운 듯 말했다.

그러자 사송이 고개를 저었다.

"아니, 부러워할 것 없다. 본래 하늘은 한 사람에게 모든 재능을 주지 않는단다. 나와 서리 동생은 선천적으로 뛰어난 감각을 지니고 있지만 무공을 수련하는 면에서 보면 그리 좋은 게 못돼."

"왜요? 감각이 뛰어나면 무공의 진보도 빠르지 않나요?"

적월이 의아한 표정으로 물었다.

"처음에는 그렇지. 하지만 세상 모든 일이 그렇듯이 감각이 뛰어나거나 혹은 두뇌가 비상한 사람들은 대성하는 경우가 드물다. 옛말에 대우(大愚)가 대성(大成)한다, 란 말이 있다. 조금 재주가 부족한 사람이 크게 성공하고 재주가 지나치면 오히려 큰 성공을 이루기 어렵다는 뜻이다. 본래 재주가 많은 사람은 편하고 빠른 길을 찾는 법이다. 하지만 무공이나 뭐나 한 길로 미련스레 꾸준히 정진한 사람이 결국에는 크게 이루는 법이다."

"하지만 숙부님과 고모님은 무공도 뛰어나시잖아요?"

적월이 다시 물었다.

"후후, 그건 아니다. 당장 네 사부이신 불사 대협과 비교해도 우리 무공은 그리 대단한 게 아니지."

사송이 고개를 저으며 말했다.

그러자 묵묵히 듣고 있던 나왕이 농을 했다.

"그 말은 내가 어리석어 지금의 무공을 성취했단 말이오?"

"아아, 오해 마시구려. 그런 뜻은 아니니까. 다만 나와 서리 동생의 한계를 설명해 주려다 보니 말이 그렇게 나온 것이오."

"후후, 알고 있소. 하지만 두 분의 무공을 낮춰 말씀하시는 것에는 동의하기 어렵구려."

"아니외다. 우린 우리의 한계를 잘 알고 있소. 그게 우리 장점이기도 하오. 한계를 안다는 것은 스스로 약점을 피하는 법을 안다는 의미기도 하오. 생존에는 좀 더 나은 방법일지도 모르겠소."

사송이 빙그레 미소를 지으며 말했다.

"무공의 고하가 생사를 결정하는 것은 아니란 가르치심이다."

나왕이 적월에게 사송이 한 말의 속뜻을 일러주었다.

"예, 명심할게요."

적월이 진지한 표정으로 대답했다.

"어쨌거나 성벽을 넘어야겠소이다. 성문은 이미 닫힌 지 오래일 테니."

어느새 세 사람은 북쪽 성벽에 와 있었다.

사송의 말처럼 성의 북문은 굳게 닫혀 있었다. 성문 위쪽으로 몇몇 병사들이 번을 서는 것이 보였다.

"저기가 좋겠구려."

나왕이 성문에서 서쪽으로 삼십여 장 떨어진 곳을 가리켰다. 거대한 나무가 성벽과 어깨를 나란히 하며 서 있었다. 가지가 무성해 나무 위로 올라가 성벽을 넘으면 사람들의 눈에 띌 염려가 없어 보였다.

"그리 갑시다."

사송이 나왕의 의견에 동의한 후 빠르게 나무가 있는 쪽으로 이동했다.

세 사람은 성을 벗어난 이후부터 무서운 속도로 관도를 질주했다.

밤이 늦어 길 위에는 행인이 전무했다. 덕분에 세 사람은 사람들의 시선에 방해받지 않고 가지고 있는 모든 능력을 발휘해 속도를 낼 수 있었다.

그렇게 반 시진 정도를 달리자 보통 사람이라면 반나절은 걸었어야 할 거리를 주파했다.

사송은 마치 애초에 자신이 알고 있는 길인 것처럼 적월과 나왕을 황하 변 제법 큰 포구 마을로 이끌었다.

비록 설명을 듣기는 했지만 적월은 사송이 흉수들을 추적하는 모습이 신기하기만 했다.

"저곳이군."

문득 달리던 속도를 늦춘 사송이 몇 개의 불빛이 흘러나오는 포구를 가리켰다.

늦은 밤이지만. 아무리 깊은 밤이라도 포구에 불이 꺼지는 법은 없는 법이다. 길이 바쁜 여행객들을 태운 배들이 간혹 한밤중에 포구를 찾아드는 경우가 있어, 이 정도 크기의 포구에는 언제나 불빛이 있게 마련이었다.

"어떤 배죠?"

적월이 호흡을 고르며 물었다. 비록 신공이라 불릴 만한 무공들을 연마했지만 적월의 공력은 나왕과 사송의 그것에 미치지 못했다. 그런 그들과 속도를 맞춰 반 시진을 질주한 후라 호흡이 거칠 수밖에 없었다.

"일단 포구로 가봐야겠지."

사송이 대답했다.

"이제부턴 조심해야 하오. 그자들의 우두머리가 있는 포구라면 반드시 주변에 경계를 서는 자들이 있을 것이오."

나왕이 말했다.

"나도 그게 걱정이외다. 가뜩이나 한밤중이라 이대로 포구에 들어갔다가는 그자들의 눈에 띄기 십상이오. 아무리 조심해서 이동한다 해도……."

사송이 곤란한 표정을 지으며 말했다.

"그럼 어쩌죠?"

적월이 걱정스러운 표정으로 물었다.

그러자 사송이 말했다.

"아무래도 나 혼자 가보는 게 좋을 것 같은데……."

"숙부님 혼자요?"

적월이 놀란 표정으로 되물었다.

"나 혼자라면 흉수의 우두머리가 있는 곳에 좀 더 쉽게 접근할 수 있을 거다."

사송이 대답했다.

"하지만 혼자선 위험하지 않겠소?"

나왕이 반대하듯 말했다.

"음… 불사께서 퇴로를 확보해 주시면 설혹 들킨다 해도 빠져나올 수 있을 것이오."

"하지만 저들의 전력을 모르는 상태에서……."

"배를 이용합시다."

사송은 이미 머릿속에 모든 계획을 세워놓은 것처럼 망설임 없이 말했다.

"배를 말이오?"

"포구에는 불빛이 있으니 근접해 퇴로를 준비하기가 힘들고, 불빛이 미치지 않은 곳에 작은 배를 띄워놓고 기다리시면 만약의 경우 내 강으로 몸을 던지겠소."

사송의 말에 나왕이 잠시 생각에 잠겼다가 고개를 끄떡였다.

"나쁘지 않은 방법이오."

"어디서 배를 구하죠?"

"황하 변에 배가 없겠느냐? 그건 걱정 말거라."

나왕이 대답했다.

그러자 사송이 다시 입을 열었다.

"포구와의 거리는 오십여 장 안쪽으로 합시다."

"알겠소. 우리가 먼저 움직이겠소. 자왕께서는 이각 후에 포구로 들어가시구려."

"좋소이다."

자왕 사송이 동의하자 나왕은 여전히 불안해하는 적월을 데리고 포구의 동쪽을 향해 움직이기 시작했다.

*   *   *

거친 숨소리가 선실 안에서 들려왔다.

그러나 선실 문밖에서 경계를 서는 자들 중 누구도 선실 쪽으로 시선을 돌리지 않았다.

그들은 마치 돌을 깎아 만든 석상처럼 미동도 않고 선실 안에서 들려오는 연락의 소리를 듣고 있었다. 아니, 어쩌면 이자들은 아예 귀가 먹은 자들일 수도 있었다.

그런데 한순간 선실 안에서 갑자기 이질적인 소리가 들려왔다.

"끄으윽!"

결코 황홀한 연락의 즐거움 끝에 나오는 소리가 아니었다. 고통스럽고, 간절하며, 혹은 공포에 싸인 듯한 소리였다.

그리고 그 소리를 끝으로 더 이상 선실에서는 아무런 소리도 들리지 않았다.

이후 선실 안팎은 조용했다. 마치 모든 사람이 잠든 것처럼 어떤 소리도 들리지 않았다.

그리고 그 고요는 외부인의 등장이 있고서야 깨졌다.

스슥!

제법 큰 크기의 배여서 포구 안쪽에 정박하지 못하고 포구로부터 수십 장 떨어진 강물 위에 닻을 내린 배의 갑판에, 갑자기 세 덩어리의 검은 물체가 올라섰다.

그리고 그들은 망설이지 않고 한동안 환락의 소리가 이어졌던 선실 앞으로 이동했다.

그러자 선실을 지키고 서 있던 석상 같은 자들 중 한 명이 앞으로 걸어 나와 배에 오른 세 사람을 막아섰다.

"나다!"

길이 막히자 배 위로 올라선 자들 중 앞선 자가 눈 아래까지 가리고 있던 머리 덮개를 들어 올리며 말했다.

그러자 길을 막아섰던 사내가 정중하게 고개를 숙여 보였다.

"어서 오십시오, 대공자님!"

"사부님은?"

"조금 전 대법을 끝내시고 지금은 운기 중이신 것 같습니다."

"음, 그럼 기다려야겠군."

"아마도 그러셔야 할 것 같습니다. 다른 선실로 모실까요?"

"아니다. 이곳에서 기다리겠다."

"알겠습니다."

사내의 말에 경비를 서던 자가 대답을 하고는 본래 자신이 서 있던 자리로 돌아가 다시 석상처럼 움직임을 멈췄다.

그리고 또다시 배 위에 침묵이 시작됐다.

깊은 밤, 모두가 잠든 것 같은 침묵이 깨진 것은 세 사람이 배에 오른 지 다시 이각이 흐른 뒤였다.

그리고 이번에 침묵을 깬 사람은 선실 안에 있던 자였다.

"악소가 왔느냐?"

갑작스레 들려온 목소리에 선실 밖에서 경계를 서고 있던 자가 흠칫하며 급히 대답했다.

"그렇습니다, 인왕 님!"

"들어오라 해라. 그리고 누가 이 물건도 치우고!"

"예, 인왕 님!"

경비를 서던 자가 얼른 대답한 후 밤늦게 배에 오른 사내를 보며 말했다.

"먼저 들어가시지요."

"그러지."

사내가 사양하지 않고 선실 문을 열고 안으로 들어갔다.

향나무를 태우는 듯 은은히 퍼져 있는 향 내음 속에서 간혹 연락의 시간을 알리는 끈적한 기운이 함께 느껴졌다.

그러나 선실로 들어온 사내는 표정 하나 변하지 않고서 침상 위에 가부좌를 틀고 앉아 있는 노인 앞으로 다가가 깊게 허리를 숙였다.

"제자 악소, 사부님을 뵙습니다."

"어서 와라. 그간 수고했다."

"아닙니다. 생각보다 일이 수월했습니다."

"역시 탈혼문의 살수들은 쓸 만하지?"

"그렇습니다. 아주 좋은 사냥개들입니다."

사내가 대답했다.

그사이 선실 밖에서 경계를 서고 있던 무사가 들어와 침상 위에 너부러진 시신 한 구를 조심스럽게 수습했다.

시신의 옷은 모두 벗겨져 있었는데 죽은 지 오래된 사람처럼 피골이 상접한 모습을 하고 있었다.

머리카락의 길이로 보아선 여인이었던 듯싶은 시신은 침상 한쪽에 너부러져 있던 여인의 것으로 보이는 옷가지에 싸여 선실 밖으로 옮겨졌다.

시신이 옮겨지는 모습을 보고 있던 노인이 선실 문이 닫히자 다시 입을 열었다.

"역시 화문의 계집들은 다르더군."

"그 배경을 알 수는 없지만 무공은 결코 무시할 수 없더군요."

"그렇더구나. 음양도결에 안성맞춤인 계집들이다. 반드시 북화문을 손에 넣어야 해. 모두 일곱이라고 했나?"

"그렇습니다."

사내가 대답했다.

"일개 루주의 공력도 이렇게 정순하다면 북화문 칠화라는 계집들의 내공은 경험해 보지 않아도 알 수 있다. 그것들을 모두 취할 수 있다면 음양도결의 마지막 관문을 넘을 수 있을 거야."

"분명 대업을 이루실 겁니다."

사내가 공손하게 대답했다.

그러자 노인이 자리에서 일어났다. 얼굴은 노인이지만 이십 대 청년 못지않은 단단한 근육의 몸이 고스란히 드러났다.

"이 일에서 가장 위험한 것은 북화문에 무림맹이나 구패가 관심을 갖게 하면 안 된다는 것이다. 만약 그들이 관심을 갖기 시작한다면 반드시 흡정의 술이 사용된 것을 알게 될 거야."

"하지만 화문칠화가 모두 사라진다면 결국 그들도 알게 될 것 아닙니까?"

"그때는 상관없다. 북화문 칠화를 모두 취한 후에는 어차피 이곳을 떠날 테니까. 물론 북화문이라는 문파가 아쉽기는 하지만 어쨌든 목적은 화문이 아니라 북화문에 그득한 무공을 수련한 계집들 아니냐."

"그렇긴 하지요."

"일단 칠화를 취하게 되면 먼 바다로 나갈 생각이다. 이후 음양도결을 완성한 후 음양교의 새로운 교주가 될 것이다. 음양도결을 완성한 내게 반발할 자는 없을 테니까."

"당연히 그럴 것입니다. 천왕과 지왕께서도 음양도결을 완성하신 사부님께는 복종을 맹세할 겁니다."

"후후후… 그 둘은 참으로 어리석은 자들이지. 무림의 싸움이 세력이 아니라 그 우두머리의 힘에서 승패가 결정된다는 단순한 이치를 잊고 있으니까. 그들이 지금 키우고 있는 그 세력들은 결국 나의 손발이 될 것이다."

"물론입니다. 하물며 그분들께선 사부께서 세력을 키우는 일에 관심이 없으신 걸 알고 사부님을 경계하고 있지 않으니까요."

"하하하, 그 사람들이 그렇게 어리석을 줄이야 누가 알았겠느냐. 아무튼 좋다. 보자, 이제 보름이면 닷새?"

"그렇습니다."

"지루하군."

"하면 다른 계집들을 데려올까요?"

"아니다. 괜히 허접한 계집들을 상대하는 것은 번거로운 일이지. 이젠 오직 북화문 칠화만 품겠다."

"알겠습니다."

"혹, 변수가 없겠느냐?"

노인이 물었다.

그러자 사내가 잠시 망설이다가 입을 열었다.

"북화문의 문주가 청부문과 접촉했다는 소리는 있습니다만… 크게 위협이 될 것 같지는 않습니다."

"청부문?"

"예, 사부님!"

"살수를 동원한단 말인가? 후후, 탈혼문의 살수들과 좋은 상대가 되겠군."

"그런데 아마도 그럴 일은 없을 것 같습니다."

"그건 또 무슨 소리냐?"

노인이 의아한 표정으로 물었다.

"북화문에서 끌어들인 청부문은 살수문이 아닌 것으로 알고 있습니다."

"살문이 아니라고? 그럼 왜 청부문을……."

"아마도 우리의 정체를 파악하기 위해 청부문을 고용한 듯합니다."

순간 노인의 표정이 살짝 변했다.

그러고는 심각한 표정으로 물었다.

"뒤를 조심했느냐?"

"걱정 마십시오. 따르는 자들은 없었습니다. 성을 벗어나기 전 수백 장 뒤까지 확인했습니다."

"음… 혹, 북화문에서 고용한 청부문의 이름을 알고 있느냐?"

"듣기로는 십이천문이라고… 조사해 보니 최근 들어 개봉 인근에서 몇몇 상가의 호송을 맡았다고 하더군요."

"십이천문… 그런데 겨우 상가 호위나 하던 자들에게 이 중요한 일을 청부했다고?"

노인이 이해할 수 없다는 듯 고개를 갸웃했다.

"저도 그것이 이상하기는 했습니다."

사내가 대답했다. 그러자 노인이 뭔가를 생각하다가 갑자기 자리를 박차고 일어났다.

"십이천문… 십이지방… 혹시……."

순간 노인이 혼령처럼 선실을 벗어났다.

윗도리는 여전히 벗은 채였다.

스슥!

노인이 바람처럼 선실을 벗어나는 것을 선실 밖에서 경계를 서고 있던 그의 수하들이 당혹스러운 눈으로 바라봤다. 갑작스러운 노인의 행동을 이해할 수 없었던 것이다.

당황한 것은 밤늦게 노인을 찾아온 그의 제자도 마찬가지였다. 그래서 정신을 차리고 급히 노인을 쫓아 선실 밖으로 나왔을 때, 노인은 이미 벗은 몸으로 측면을 살피며 배의 난간 위를 질주하고 있었다.

노인의 행동은 마치 누군가가 배의 난간에 매달려 자신들의 이야기를 듣고 있었다고 생각한 듯했다.

노인이 난간을 타고 배를 한 바퀴 도는 데는 겨우 숨 두어 번 쉴 정도의 시간밖에 걸리지 않았다.

그렇게 배를 한 바퀴 돈 노인이 이번에는 훌쩍 몸을 날려 배에서 가장 높은 장소인 돛대 위로 날아올랐다. 이곳에 정박한 이후 돛을 펼친 적이 없으니 돛대만 덩그러니 남아 있었다. 그 위로 비호처럼 올라선 노인이 배와 배 주변의 어두운 강을 세심하게 살폈다.

보름을 향해가는 달빛이 제법 환하게 수면을 밝히고 있었다. 하지만 노인은 달빛 드리운 수면에서 어떤 이상한 점도 발견하지 못했다.

노인이 돛대 위에 머물러 있던 시간은 대략 일각 정도. 생각보다 지루한 그 시간을 보내고 나서야 노인이 다시 배 위로 내려섰다.

"사부님, 대체 무슨 일이십니까?"

사내가 조심스럽게 노인에게 물었다. 말을 하는 그의 손에는 언제 챙겼는지 사부의 윗도리가 들려 있었다.

"갑자기 예전에 알고 있던 한 문파가 생각나서 말이다."

제자의 손에서 옷을 받아 들어 몸에 걸치며 노인이 말했다.

"어떤 문파 말씀이십니까?"

"음… 강호엔 잘 알려지지 않았지만, 알 만한 사람은 모두 그 자들을 경계했지. 무림의 야심가들은 정사양도를 막론하고 모두 그들을 경계했다. 그만큼 뛰어난 자들이었다는 뜻이다."

"대체 그자들이 누굽니까?"

"당시 그들은 십이지방이라는 이름으로 불렸다. 그런데 십수 년 전 하룻밤 새 그들은 종적을 감춰 버렸다. 들리는 소문에 의하면 멸문을 당한 것 같다고도 하지만……."

"십이지방… 전 모르는 곳이군요."

"나도 자세히는 모른다. 지난 칠마의 봉기 때 무림맹 편에 서서 잠시 무림의 일에 관여했다고는 하지만 정확히 어떤 일을 했는지는 제대로 알려지지 않았다. 아무튼 그곳에 속한 자들이 놀라운 능력을 지니고 있었다는 소리는 들었다. 십이지의 특징을 타고 태어난 자들이라 십 리 밖의 소리를 듣는 자도 있다고 하고, 타고난 신력으로 역발산의 힘을 자랑하는 자도 있다고 하더구나."

"그런 곳이 있었군요. 그런데 왜 갑자기 그들을?"

여전히 사부의 갑작스러운 행동이 이해가 되지 않은 사내가 물었다.

"십이천문이라는 이름을 듣는 순간 십이지방이라는 이름이 떠올랐다. 그러자 두 문파 사이에 연관이 있는 것이 아닌가 하는 생각이 들더구나. 만약 연관이 있다면 그들 중 누구는 수백 장

밖에서도 널 추격할 수 있을 것이다."

"설마 그런 자들이 있을까요?"

"강호란 그런 곳이다. 사람이 상상할 수 없는 재주를 가진 자들이 많지. 하지만 다행이도 이곳까지 널 추적해 온 자는 없는 것 같구나. 아무리 빨라도 내 움직임을 깨닫고 급히 도주했다면 수면에 그 흔적이 남았을 테니까."

"그렇다면 다행이군요."

사내가 안도의 숨을 쉬며 말했다. 혹시라도 자신의 뒤를 따라온 자가 있었다면 노인을 볼 면목이 없기 때문이었다.

"하지만 각별히 조심해라. 북화문 같은 곳에서 청부를 넣었다면 분명 범상치 않은 실력을 지닌 자들일 테니."

"알겠습니다. 사부님!"

사내가 고개를 숙여 보였다.

그러자 노인이 잠시 생각에 잠겼다가 입을 열었다.

"그리고 생각해 보니 함부로 사람을 움직이는 것은 위험할 수도 있다. 그러니 숨어 있는 자들을 움직이는 것은 보름, 그 하루로 한다. 그 이전에는 사람들을 움직이지 말거라. 더 이상의 경고를 할 필요는 없다."

"하지만 더 압박하지 않으면 북화문의 계집들이 다른 생각을 할 수도 있습니다."

"그렇다 해도 보름날 해결하면 된다. 괜히 사람을 움직였다가 무림맹이 관심을 보일 수도 있으니까. 더군다나 이곳은 개방의 본거지가 아니냐."

"그렇긴 하지요. 알겠습니다. 명대로 하겠습니다."

"그리고 배를 더 준비해 이 정도 크기로 두 척을 더 준비해라. 만약의 경우 북화문의 일곱 계집을 비롯해 무공을 수련한 계집들을 모아 이곳을 떠나야 할 테니까."

"예, 스승님!"

사내가 굳은 표정으로 대답했다.

*　　　　　*　　　　　*

출렁출렁!

강물이 강의 중심부로 갈수록 점점 크게 일렁였다. 달빛은 받으며 일렁이는 밤물결은 여행객의 눈길을 사로잡을 만큼 아름다웠다.

그런데 그 물결 위에 갑작스레 파문이 일더니 문득 한 사람의 얼굴이 슬며시 떠올랐다.

"푸우!"

얼굴만 물 밖으로 드러낸 자가 가볍게 숨을 쉬었다. 그러자 그의 입에서 약간의 물이 튀어나왔다.

그렇게 물을 뱉어낸 사내가 이번에는 길게 한숨을 쉬었다.

"후우… 설마하니 십육마문이라니……."

한숨과 함께 사내의 입에서 걱정스러운 목소리가 흘러나왔다. 그는 여전히 달을 보고 누운 자세로 있었다. 손발을 움직이는 것 같지도 않은데 몸이 물속으로 빠져들지 않고 낙엽처럼 떠서 물결을 따라 흘러내려 가고 있었다.

"생각보다 센 자들을 만났구나. 탈혼문 잔당들의 솜씨야 그리 대단할 것 없다 싶었는데 음양교의 인왕이라니. 그자가 죽지 않고 살아 있을 줄은 몰랐군."

삐이꺽!

사내의 혼잣말이 이어지는데 갑자기 멀리서 노 젓는 소리가 들렸다.

그러자 사내가 재빨리 자세를 바꿔 소리가 나는 곳으로 헤엄쳐 가기 시작했다.

스스스!

사내는 수달처럼 빠르게 물살을 갈랐다.

그러자 한순간 희미하게 작은 배의 형상이 보였다. 돛을 걷고 노를 저어 강물 위에 떠 있는 배에서는 두 사람의 그림자가 어른거리고 있었다.

촤아악!

배가 보이고 그 배의 사람들을 확인한 사내가 이번에는 제법 큰 소리가 날 정도로 거칠게 물살을 헤치기 시작했다.

제6장
재회

"자왕이시오?"

물살을 가르며 빠르게 다가오는 사람을 보고는 불사 나왕이 물었다.

"그렇소!"

물속에서 자왕 사송이 대답했다. 그러자 불사 나왕이 노 젓기를 멈추고 노를 사송 쪽으로 드리웠다.

턱!

배까지 다가온 사송이 불사 나왕이 드리운 노를 잡아채더니 그대로 솟구쳐 올라 배 위로 올라섰다. 물속에서의 움직임이 마치 평지에서와 같아서 곁에서 지켜보고 있던 적월을 감탄하게 만드는 사송이었다.

"여기요."

적월이 재빨리 사송에게 마른 천을 건네자 사송이 천을 받아 몸의 물기를 털기 시작했다.

투툭!

젖은 머리와 얼굴의 물기를 닦은 사송이 몸을 흔들어 옷의 물기를 털어냈다.

"어떻게 되었소?"

사송이 얼추 물기를 제거하자 나왕이 물었다.

그러자 사송이 심각한 표정으로 말했다.

"좋지가 않소."

"어떤 자들이오?"

"탈혼문의 잔당 따위는 비할 수가 없는 자가 나타났소."

"대체 어떤 자가 나타났기에 자왕께서 이리 흥분하시는 것이오?"

불사 나왕이 걱정스러운 표정으로 물었다.

"놀라지 마시오. 그 배에 타고 있던 자는 저 유명한 음양교 삼대 법왕 중 한 명인 인왕 홍광이었소."

"헛허! 인왕이라니……."

사송의 말을 들은 불사 나왕이 기가 막힌 듯 탄식을 흘렸다.

"나도 너무 놀라서 하마터면 그자에게 들킬 뻔했소."

"분명 그자는 죽었다고 했는데……."

나왕이 중얼거렸다.

"나도 그렇게 알고 있었소. 칠마, 십육마문의 난 이후 남궁세가의 고수들이 교주를 잃고 도주하는 음양교의 잔존 세력을 추격해 그들을 남해의 바닷가에서 섬멸했다고 하지 않았소이까.

그런데 그자가 살아 있을 뿐 아니라, 더 놀라운 것은 그자 하나가 아니라 삼 대 법왕이 모두 살아 있는 듯하더이다."

"셋 모두 말이오?"

나왕이 도저히 믿을 수 없다는 듯 되물었다.

"그렇소이다. 듣자 하니 그들 세 사람이 음양교의 교주 자리를 놓고 경쟁을 하는 듯했소. 그래서 그자가… 악독하게도 흡정술, 그자 스스로는 음양도결이라 부르는 사술을 시도하고 있는 것이오. 그래서 북화문 칠화가 필요했던 것이고 말이오."

"설마 북화문 자체가 목적이 아니라 칠화가 목적이었던 것이오?"

"그렇소. 칠화를 음양도결의 도구로 이용해 자신의 무공을 대성할 생각인 것 같더이다."

사송이 고개를 끄떡이며 대답했다.

"정말 악독한 자군요!"

듣고 있던 적월이 적개심을 드러내며 말했다.

"독한 자지. 칠마의 난 당시에도 그자에 의해 겁간당한 무림의 여협들이 한둘이 아니었다. 그나저나 대체 그럼 남궁세가는 왜 그런 거짓말을 한 것인가?"

불사 나왕이 곤혹스러운 표정으로 중얼거렸다.

그러자 사송이 심드렁한 표정으로 대답했다.

"그게 다 강호의 권력 다툼 때문 아니겠소? 칠마의 난이 끝난 이후 무림은 권력 투쟁의 장으로 변하지 않았소. 특히 난을 평정하는 데 공을 세운 문파들의 기세가 하늘을 찌를 때였소. 이후 그들을 중심으로 구패가 정해졌고 말이오. 그 와중에 남궁세가는 칠마의 난 당시보다 그 이후 음양교 잔당들의 척살로 더 유명해지지 않았소이까?"

"음… 강호의 패권을 잡기 위해 거짓말을 했다는 것이구려."

"그럴 가능성이 크지 않겠소? 물론 남궁세가에선 그들을 정말 수장시켰다고 생각했을 수도 있겠지만……."

사송이 그럴 리는 없을 거라는 표정으로 말했다.

"하긴, 당시에도 음양교 삼 대 법왕의 시신이 없는 것이 문제가 되기는 했었소. 하나도 아니고 셋 모두 시신을 가져오지 못한 것이 사람들의 의심을 샀었소. 물론 남궁세가의 권위에 눌려 누구도 정식으로 그 문제를 제기하지는 않았지만……."

"하여간 그 무림정파라는 자들의 행실이란… 쯔쯧!"

사송이 불만스러운 표정으로 혀를 찼다.

"이제 어떡하죠?"

적월이 심각한 표정을 물었다.

"뭘 어떡해. 북화문에 저들의 정체와 목적을 전해주고 물러나면 되지."

사송이 대답했다.

"하지만 북화문이 저들을 감당할 수 있을까요?"

적월이 되물었다.

"그 걱정은 우리가 아니라 북화문이 해야 하는 거다. 감당할 수 있으면 할 것이고, 감당할 수 없다면 다른 곳에 도움을 청하겠지."

사송이 냉정하게 말했다.

"다른 곳 어디요?"

"뭐… 무림맹이든지."

"무림맹은 싫다고 했잖아요? 만약 북화문이 우리에게 도움을 청하면요?"

"그건 받아들이기 어려운 청부지. 우리 십이천문은 겨우 다섯 사람이 전부다. 그런데 우리 다섯이 어떻게 음양교와 탈혼문의 후예들을 모두 감당할 수 있겠느냐? 너무 위험한 일이야."

사송이 고개를 저으며 말했다.

그러자 적월이 불사 나왕에게 물었다.

"사부님도 같은 생각이세요?"

"음, 이 싸움에는 가급적 끼어들지 않는 게 좋겠지. 하지만 한 가지 고민은 있다."

"어떤 고민이요?"

"이 사실을 개방의 천면개 어른께 알려야 하나 하는 고민이다. 개방에 알린다는 것은 곧 무림맹에 이 사실이 알려진다는 것과 같은 뜻이지. 그런데 그렇게 되면 자연히 난 북화문주의 뜻에 어긋나는 일을 하는 것이 되지 않겠느냐?"

"그렇죠. 북화문은 자신들의 일에 무림맹이 관여하는 것을 원치 않으니까요."

"어려운 문제다."

나왕이 고개를 저으며 중얼거렸다.

"일단 이곳을 벗어납시다."

사송이 나왕에게 말했다.

"그럽시다."

나왕이 대답을 하고는 노를 젓기 시작했다.

그 와중에 적월이 다시 사송에게 질문을 했다.

"그럼 북화문의 일월루주처럼 그들에게 납치된 사람들은 모두 죽은 것인가요?"

"일단은 그렇다고 봐야지. 오늘 선실에서 그자의 흡정술에 희생된 여인이 그들 중 하나일 수도 있고……."

"그럼 북화문으로서는 목숨을 걸고 싸우는 것 말고는 다른 선택이 없겠군요."

"그렇다고 봐야지."

새벽안개가 일어나고 있었다. 세 사람을 태운 배가 순식간에 그 안개 속으로 사라졌다.

*   *   *

무거운 공기가 실내를 짓눌렀다.

북화문의 문주 담교언을 중심으로 좌우로 세 명씩 앉아 있는 북화문 칠화 중 누구도 쉽게 입을 열지 못했다.

지난 새벽 십이천문의 고수 자왕 사송이 은밀히 북화문주를 만나고 간 이후 곧바로 소집된 칠화의 모임이었다.

그러나 새벽에 시작된 모임은 정오가 다 되어서도 어떤 결론도 내리지 못하고 있었다.

당연한 일이었다. 북화문의 운명이 걸린 일이고, 어느 쪽을 선택하든 결국 북화문은 커다란 위기에 봉착할 수밖에 없었다.

자왕 사송이 가져온 소식은 충격적이었다.

수십 년 전 천하무림을 공멸의 위기까지 몰아넣었던 자들인 칠마, 십육마문의 난을 주도했던 자들 중 일부가 지금 북화문을 노리고 있었다. 비록 무림맹에 패해 도주한 자들이라고 해도 자왕 사송의 입에서 나온 마두의 이름은 북화문을 두려움에 떨게 만들기에 충분했다.

음양교 삼 대 법왕 중 한 명인 인왕 홍광, 이자는 칠마의 난 당시에도 칠마에 못지않은 공포심을 강호에 심어주었던 인물이다.

특히 강호 여고수들을 향한 홍광의 악행은 무림을 분노에 떨게 만들었었다. 당연히 강호공적으로 지목된 홍광이지만, 난이 끝날 때까지 홍광은 건재했다.

그러다 결국 난이 끝난 후에야 남궁세가 검객들이 남해 바다까지 추격해 홍광과 음양교의 생존자들을 수장시키는 것으로 그의 악행은 끝이 났다.

아니, 끝이 난 것으로 알려졌었다.

그런데 그 홍광이 지금 북화문을 노리고 있는 것이다.

"이제 나흘 남았습니다. 서둘러 대책을 세워야 합니다."

북화문 칠화 중 두 번째 서열에 있는 이화 사령이 침묵을 깨고 입을 열었다.

"결정이 쉽지 않군요."

담교언이 손으로 이마를 짚으며 말했다.

그러자 이화 사령이 다시 말했다.

"아무래도 무림맹에 도움을 청해야 하지 않겠습니까?"

"그렇게 되면 우리 북화문은 결국 해체되고 말 거예요."

담교언이 단언했다.

"하지만 그건 훗날의 일 아닙니까? 일단 이 위기를 벗어난 후 다른 방책을 세우면……."

"이화께서는 잊으셨나요? 송가장과 항주 금가, 그리고 산동 악 가 세 가문이 호시탐탐 화문의 이권을 노리고 있다는 것을요. 그리고 그건 단순히 이권의 문제가 아니에요. 화문이 무너지면 화문의 자매들은 사람 취급 받으며 살기 어려워요."

"그러나 당장 방책이 없지 않습니까?"

사령이 물었다.

그러자 담교언이 대답했다.

"그들을 상대하다 모두 죽는다 해도 우리 스스로 해결해야 해 요."

"하지만……."

사령은 여전히 담교언의 의견에 반대하는 모양이었다. 그러자 담교언이 무거운 표정으로 말했다.

"설혹 그들과 맞서 싸우다 우리가 모두 죽는다 해도, 무림맹 이 관여치 않는 이상 우리가 없는 북화문은 남화문주의 영향 아 래에 들어가게 될 거예요. 지금껏 우리 남북화문이 정통성을 놓 고 반목해 온 것이 사실이기는 하나 우리 자매들이 무림문파의 통제하에 놓이는 것보다는 남화문주에게 가는 게 나아요."

"아……."

사령이 나직하게 탄식했다. 담교언은 정말 죽음까지 생각하고 있는 것이다.

그러자 삼화 명옥연이 말했다.

"저 역시 문주님의 생각과 같습니다. 남화문주라면 살아남은 자매들을 잘 보살펴 줄 거예요. 우리 양 화문의 경쟁은 사실 수뇌들의 다툼이었으니까요."

명옥연의 말에 다른 칠화들도 고개를 끄덕였다. 다만 가장 끝에 앉아 있는 여인, 최근에 칠화로 들어온 춘몽원의 주인인 연빈만이 아무런 반응을 보이지 않고 있었다.

그런 그녀의 모습이 눈에 들어왔는지 담교언이 연빈에게 말을 건넸다.

"칠화께는 미안하군요. 화문에 들어오자마자 이런 고난을 겪게 되었으니……."

그러자 연빈이 다부진 표정으로 대답했다.

"세상을 살다 보면 위기는 언제나 있지요. 하지만 제 경험으로는 그 위기를 넘길 수 있는 기회 역시 반드시 있었던 것 같습니다. 어차피 싸우기로 작정한 이상 죽을 생각보다는 살 생각을 하시는 것이 좋을 듯합니다만."

칠화의 말석을 차지하고 있는 신분을 생각하면 대담하기 이를 데 없는 말투다.

하지만 오히려 그런 대담함이 담교언의 마음을 움직인 듯했다.

"맞는 말이에요. 우리 모두 지나친 두려움에 빠져 있는 것 같아요. 저들이 비록 음양교의 거마와 그 후인들이라 해도 숫자는 그리 많지 않을 거예요. 다수의 세력을 동원하면 반드시 무림맹의 눈에 띄게 될 테니 세력이 있어도 동원하기 어렵겠죠. 준비만 잘하면 이 위기를 넘길 수도 있을 겁니다. 우리 모두 심혈을 기울여 방책을 세우도록 해요."

담교언의 말에 다른 칠화들의 얼굴에 그제야 생기가 돌기 시작했다.

일단 생기가 돌자 잠들었던 전의도 일어나고, 또 뛰어난 두뇌들도 움직이기 시작했다.

"싸우기로 한다면 십이천문의 도움을 확보하는 것이 중요할 겁니다."

음양교의 무리들에 대해 가장 큰 공포심을 드러냈던 이화 사령이 가장 먼저 방책을 제시했다. 그 모습을 보면 그녀 역시 내심은 무척 담대한 심장을 가지고 있는 것이 분명했다.

"나도 그렇게 생각해요. 하지만 그게 쉽지가 않으니 걱정이군요."

담교언이 걱정스러운 표정으로 말했다.

"십이천문에는 불사 나왕이 있습니다. 반드시 그의 도움을 받아야 합니다. 불사 나왕이라면 홀로 음양교의 인왕 홍광을 상대할 수 있을 겁니다. 인왕을 묶어둘 수만 있다면, 다른 자들은 우리 힘으로 어찌 막아낼 수 있을 겁니다."

"물론 그렇긴 하지요. 하지만 과연 십이천문이 이 청부를 받아들일지는……."

"만금의 대가를 치르더라도 해야 할 일입니다. 십이천문의 도움으로 이 위기를 넘긴다면 이후 우리 북화문을 업신여길 강호 문파는 없을 겁니다. 전화위복, 결국 위기가 우리 북화문에게 기회가 될 수도 있습니다."

사령이 단호하게 말했다.

"알겠어요. 제가 직접 그와 담판을 지어보죠."

담교언이 대답했다.

그때 문득 칠화 연빈이 이번만큼은 조심스럽게 입을 열었다.

"문주께 청이 있습니다."

"말씀해 보세요, 칠화!"

담교언이 부드러운 표정으로 말했다.

"십이천문의 사람들을 만나러 가실 때 제가 동행을 해도 될런지요?"

연빈의 물음에 담교언은 물론 다른 사람들도 의아한 표정으로 그녀를 바라봤다. 십이천문에 도움을 청하는 자리에 굳이 그녀가 동행할 하등의 이유가 없었기 때문이다.

"이유를 말해줄 수 있나요?"

담교언은 북화문을 이끄는 수장답게 신중하고 침착했다. 칠화 연빈이 동행을 청하는 데는 분명 그럴 만한 이유가 있을 거라 생각한 것이다.

"솔직히 말씀드리자면 제가 그 불사 대협이란 분과 약간의 인연이 있습니다. 그 인연이 도움이 될지는 모르겠으나 그래도 혹시나 하여……."

"아! 그래요? 불사 나왕과 인연이 있어요?"

담교언이 반색을 하며 물었다. 그녀로서는 티끌만 한 인연조차 이용하고 싶은 상황이기 때문이었다.

"아주 약간의… 어쩌면 절 기억하지 못할 수도 있습니다. 서신을 전하는 심부름을 맡았던 것 정도라서……."

"그래도 어쨌든 안면이 있다는 것이군요?"

"예. 그래서 혹시 미약하나마 도움을 될지도 모르기에……."

"좋아요. 서로 인연이 있다면 어떤 식으로든 도움이 되겠죠."

담교언이 고개를 끄덕였다.

"고맙습니다."

연빈이 공손하게 고개를 숙여 보이며 말했다.

"고맙긴요. 고맙기는 오히려 내가 고맙죠. 작은 인연이라도 끄집어내어 이렇게 나서주었으니. 그럼, 십이천문 사람들과의 만남은 역시 삼화가 자리를 마련해 주세요. 가급적 빨리!"

"예, 문주님!"

삼화 명옥연이 즉시 대답했다.

그러자 담교언이 이번엔 다른 한 명의 여인을 보며 말했다.

"사화께서는 본 장원의 기관들을 다시 살펴주세요. 그리고 시간이 없지만 마당을 중심으로 살진(殺陣)을 만들어주세요. 암기와 독, 그리고 화공까지 모든 방법을 써도 좋아요. 이번 싸움은 반드시 이겨야 하니까요."

"예, 문주!"

북화문의 사화 천소담이 다부진 표정으로 대답했다.

그러자 담교언이 이번에는 다시 이화 사령에게 말했다.

"사령께 긴밀히 부탁드릴 일이 있어요."

"말씀하십시오."

"십이천문의 말에 의하면 우리 쪽 사람 중에 저들과 내통을 하는 자가 있다더군요. 우리가 십이천문에 청부를 넣은 것을 저들이 알고 있었다고 해요. 그자를 잡아내지 않으면 이 싸움은 어려워질 수 있어요. 함정도 그 위력이 반감할 것이고요. 그러니 은밀히 지난 며칠간 장원 내 모든 문도들의 행적을 세심하게 조사해 주세요. 서둘러 그 간자를 잡아내야 합니다. 그렇지 않으면 모든 계획이 허사가 될 거예요."

담교언의 말에 사령의 안색이 차갑게 굳어졌다. 그녀가 도저히 믿을 수 없다는 듯 다시 물었다.

"정말 간자가 있다고 합니까?"

"정황으로 보면 분명해요."

"하지만 화문에 속한 기루나 유곽이면 모를까, 본 문의 심장인 이 장원에 들어온 사람들은 모두 본 문에 대한 충성심을 확인한 사람들 아닙니까?"

"그러니까 무서운 일이지요. 모든 사람을 원점에서 다시 살펴 주세요. 특히 최근의 행적은 더더욱!"

담교언이 심각하게 당부했다.

그러자 사령도 무겁게 고개를 끄덕였다.

"알겠습니다. 그렇게 하겠습니다."

"자, 그럼 각자 맡은 일을 신속하게 처리하도록 하세요. 다른 때보다 더 신중하고 정확한 일 처리가 필요합니다. 그리고 전 기루에 알리세요. 앞으로 한 달간은 손님을 가려 받습니다."

"알겠습니다, 문주님!"

칠화가 일제히 대답했다.

*　　　　　*　　　　　*

조금은 특별한 방문을 통보받은 십이천문의 고수들이 손님을 맞기 위한 준비를 마치고 한 곳에 모여 방문객을 기다리고 있었다.

불사 나왕과 유왕 서리, 그리고 적월과 공예까지 모두 한자리에 모인 것은 그만큼 오늘 방문객이 특별하다는 의미였다.

언제나처럼 자왕 사송이 십이천문을 방문하려는 손님을 맞으러 쌍괴협 잠룡대에 나가 있었다.

밤이 깊어 이젠 얼추 자왕 사송이 손님을 데리고 올 시간, 네 사람도 강에서 장원으로 오르는 가파른 비탈길 위에 나와 손님이 오기를 기다리고 있었다.

"왜 북화문으로 부르지 않고 번거롭게 이곳으로 오겠다고 했을까요?"

문득 공예가 물었다.

"간단한 이유다."

서리가 대답했다.

"사부님은 그 이유를 아신다는 거예요?"

공예가 되물었다.

"당연하지. 고민할 것 없는 문제다. 만약 청부의 잔금을 치르기 위한 것이라면 굳이 북화문의 문주가 이곳에 올 필요가 없다. 우리가 받으러 가면 그만이지. 그럼에도 불구하고 그녀가 직접 이곳까지 오겠다고 한 것은 새로운 청부를 하겠다는 의미다."

지금 십이천문의 사람들이 기다리고 있는 손님은 북화문의 문주 담교언이었다.

북화문의 루주들을 납치해 간 자들의 정체를 밝히는 것으로 십이천문의 청부는 끝났다.

남은 것은 잔금을 받는 것뿐.

그런데 북화문주가 삼화 명옥연을 통해 자신이 직접 잔금을 치르러 십이천문을 방문하겠다는 연락을 해왔던 것이다.

유왕 서리는 그녀의 이런 특별한 방문이 새로운 청부를 위한 것이라고 확신하고 있었다.

"새로운 청부라면 역시⋯ 음양교를 상대하는 일이겠지요?"

적월이 심각한 표정으로 물었다.

"그렇겠지. 그리고 그런 청부를 하겠다는 것은 북화문의 이 일을 외부의 도움 없이 스스로 해결하겠다는 의미기도 하다."

"⋯힘든 길을 가려 하는군요."

적월이 고개를 저으며 말했다.

그러자 유왕 서리가 다시 입을 열었다.

"아마도 그녀로서는 어쩔 수 없는 선택이었을 거다. 이 일에 무림맹을 끌어들인다면 당장은 음양교의 공격을 막아낼 수 있을 테지만 결국 얼마 지나지 않아 무림맹의 거대문파가 승냥이 떼처럼 이득을 보고 달려들 테니까. 특히 구패는 더더욱. 어쩌면 북화문은 와해되고 말지도 모른다."

"정말 그렇게까지 할까요?"

적월이 물었다. 구패와 같은 무림의 명문들이 그런 비열한 짓을 할 것이라고 믿기 힘든 모양이었다.

"무림은 비정한 곳이다. 무림의 정사 구분은 출신과 무공의 특성에 따른 것이지 하는 행동을 보면 사실 정사의 구분을 가르기가 쉽지 않은 곳이 무림이다. 만무회와 검산파를 겪지 않았느냐?"

불사 나왕이 냉정한 목소리로 말했다.

"그렇긴 하지요. 그들의 악행은⋯⋯."

적월이 겪어본 만무회와 검산파 사람들의 행동은 사도의 인물들과 크게 다를 바가 없었다. 그걸 생각하면 구패가 북화문의 위기를 기회로 북화문의 이권을 노리지 않으리란 보장이 없었다.

"그런 무림의 비정함, 아니, 세상의 비정함을 누구보다 잘 아는 사람이 북화문의 문주지. 왜냐하면 그녀는 세상에서 버림받은 여인들을 위해 살아가는 사람이니까."

유왕 서리가 말했다.

그러자 공예가 불쑥 입을 열었다.

"그럼 도와줘야 하는 거 아니에요?"

"무슨 소리냐?"

"불쌍한 여인들을 위해 사는 사람이라고 했잖아요? 그럼 당연히 착한 사람 아닌가요? 그런 사람은 도와줘야죠."

너무도 당연한 공예의 말에 유왕 서리는 물론 불사 나왕도 말문이 막혔다.

당연한 일이긴 한데, 그들은 그 북화문의 일을 거절할 생각이기 때문이었다. 이치를 따지면 북화문을 돕는 것이 맞지만 그 일은 십이천문을 위험하게 만들 수도 있는 부담스러운 일이었다.

하지만 그런 변명을 하기에는 두 사람도 겸연쩍은 면이 있었다. 십이천문의 이익을 위해 당연히 해야 할 일을 하지 않겠다고 말하는 것이 두 사람의 성격상 그리 쉬운 일이 아니었던 것이다.

"세상일이 그리 단순하지는 않아."

두 사람이 하지 못한 대답을 적월이 했다.

"뭐가요?"

공예가 적월에게 물었다.

"아무리 대단한 사람도 세상의 모든 약자를 구할 수는 없다는 거야. 우리도 나름대로 사정이 있으니까."

"흠… 북화문의 위기를 돕기 위해 나서면 우리가 위험해진다는 뜻이죠?"

"알고 있으면서 왜 물었어?"

적월은 공예가 십이천문의 상황을 잘 알고 있으면서도 나왕이나 유왕 서리를 곤란하게 만드는 질문을 한 것을 타박했다. 그러자 공예가 대답했다.

"우리가 위험해질 수는 있겠지만, 그래도 그들을 도와줬으면 해서요."

"왜?"

"그냥… 여인들끼리 강적을 맞아 싸우는 것이 안쓰러워서 그래요. 그리고 그 음양교의 사람들은 너무 사악한 자들 같고요. 그래도 뭐… 십이천문이 위험하다면 어쩔 수 없는 일이겠지요."

공예가 어깨를 으쓱하며 말했다. 그러면서도 슬쩍 불사 나왕을 바라봤다.

공예도 알고 있었다. 비록 십이천문이 과거 십이지방에 뿌리를 두고 생겨난 문파지만 실질적으로 십이천문을 이끌고 있는 사람은 불사 나왕이었다.

그는 과거 십이지방에 뿌릴 둔 사람은 아니지만, 자왕 사송이나 유왕 서리와는 비교할 수 없는 무공을 지니고 있었다. 강호에서 절대고수라 불릴 수 있는 사람은 그리 많지 않은데 불사 나왕은 바로 그 절대고수의 반열에 오른 사람이었다.

자왕 사송과 유왕 서리 역시 놀라운 재주와 뛰어난 무공을 지닌 사람들이지만 그래도 불사 나왕에 비하면 한 수 접을 수밖에 없는 실력들이었다.

그래서 새로 탄생한 십이천문은 자연스레 불사 나왕을 중심으로 움직이고 있었다. 그러니 화문을 돕고 안 돕고의 문제 역시 불사 나왕의 의사가 가장 중요했다.

하지만 공예의 시선을 받은 불사 나왕은 여전히 침묵을 지켰다. 그러자 공예가 다시 입을 열려는데, 적월이 슬쩍 공예의 소매를 잡아 그녀의 말을 막았다.

적월은 비록 불사 나왕이 화문의 일을 더 이상 돕지 않겠다고 했지만 마음속으로는 적지 않은 갈등을 하고 있다는 것을 알고 있었다.

북화문 칠화가 된 춘몽원주 연빈과 나왕의 인연이 그의 말과 달리 제법 깊을 것이라고 적월은 짐작하고 있었다. 왜냐하면 그녀의 이름이 천면개 노광으로부터 흘러나왔을 때, 자신의 사부가 평소 다른 반응을 보이는 것을 직감적으로 느꼈기 때문이었다.

그러니 자연히 춘몽원주가 몸담고 있는 북화문의 위기를 모른 척 회피하는 것이 결코 쉬운 일이 아닐 터였다. 그 내면의 갈등을 알고 있는 적월로서는 사부 나왕을 더 이상 곤란하게 하고 만들고 싶지 않았다.

그리고 또 마침 그 순간, 이 난감한 문제를 묻어둘 일이 일어났다. 드디어 자왕 사송이 북화문의 문주 담교언을 데리고 언덕길을 올라오고 있었던 것이다.

수모를 당했다고 생각할 수도 있었다. 북화문의 문주 담교언 역시 다른 청부자들과 마찬가지로 눈을 가리고 십이천문의 장원으로 들어왔다.

"이제 안대를 푸셔도 되오."

자왕의 말이 들리자 담교언과 그녀의 일행이 천천히 눈을 가리고 있던 안대를 풀었다.

그런데 북화문 여인들이 얼굴을 드러내는 순간 불사 나왕이 슬쩍 등불이 미치지 않는 곳으로 두어 걸음 물러났다.

그런 나왕의 행동을 그의 곁에 있던 적월이 의아하게 생각할 때 자왕 사송의 목소리가 다시 흘러나왔다.

"문주께 이런 불편을 드려 죄송하오. 하지만 본 문의 법규이니 이해해 주시기 바라겠소이다."

"객은 당연히 주인의 법규에 따라야지요."

담교언이 담담하게 대답했다.

"그렇게 이해해 주시니 고맙소이다. 자, 누추하나마 자리에 앉으시지요."

사송이 담교언에게 자리에 앉기를 권했다.

담교언은 사송의 말에 따라 지하 석실에 마련된 의자에 자리를 잡고 앉으려다가 문득 어둠 속에 서 있는 불사 나왕을 보며 가볍게 고개를 숙여 보였다.

"불사 대협! 다시 뵙는군요."

그러자 불사 나왕이 가볍게 한숨을 내쉬고는 고개를 저으며 어둠 속에서 벗어나 밝은 곳으로 나왔다.

"필요하면 부르시지 않고, 직접 오셨소이까?"

"큰 은혜를 입었고, 또 긴히 부탁드릴 일이 있어서요."

"청부란 금자를 받고 하는 일이니 은혜랄 것은 없고… 부탁할 일이라는 게 음양교를 상대하는 일이라면 조금 곤란한 일이구려."

불사 나왕은 담교언이 부탁도 하기 전에 거절의 의사를 먼저 표현했다. 그러자 담교언의 얼굴이 살짝 굳어졌다.

순간 사송이 얼른 두 사람 사이에 끼어들며 말했다.

"자자, 심각한 이야기는 천천히 나누도록 합시다. 손님을 모셨으면 차 한잔 대접하는 것이 순서 아니겠소? 문주께서도 앉으시지요. 다른 분들도……."

사송이 장내의 분위기를 부드럽게 이끌기 위해 조금 과장된 행동으로 북화문의 손님들에게 자리에 앉기를 권했다.

그러자 담교언을 비롯한 북화문의 여인들이 제각기 자리를 잡고 앉는데 오직 한 여인만이 자리에 앉지 않고 불사 나왕을 바라보고 있었다.

불사 나왕 역시 사송이 끼어들어 담교언과의 대화가 끊긴 이후에는 줄곧 그녀를 보고 있었다.

춘몽원주 연빈이었다.

"잘 지냈소? 아니, 오늘 보니 잘 지낸 것 같구려."

먼저 입을 연 것은 불사 나왕이었다. 기왕에 만난 이상 연빈과의 인연을 숨기거나 묻어두고 싶은 생각이 없었다. 사실 그래야 할 만큼 특별한 사이도 아니었다.

물론 연빈의 생각은 다를 수도 있었다. 어쩌면 작은 마을에서 기녀 노릇하던 과거를 사람들에게 말하고 싶지 않을 수도 있었다.

   그러나 그녀가 자신이 이곳에 있는 것을 알면서도 십이천문에 왔다는 것은 그녀의 과거가 사람들에게 알려져도 괜찮다고 생각했기 때문이라고 나왕은 생각했다.

   그리고 북화문의 사람들에게 기녀란 과거는 그리 부끄러운 과거도 아니었다. 북화문 자체가 그런 사람들로 만들어진 문파기 때문이었다.

   "예, 대협! 대협의 은혜로 전 새 삶을 살고 있습니다. 늦었지만 지난 은혜에 감사 인사드립니다."

   연빈이 공손하게 고개를 숙이며 인사했다.

   "내 은혜라 할 수는 없는 일이오. 애초에 원주께 그만한 능력이 있었던 것이지."

   나왕은 연빈을 원주라고 불렀다.

   그녀의 현재 지위를 생각한 배려였다.

   "아닙니다. 대협께서 길을 열어주지 않으셨다면 전 결코 오늘 이 자리에 있을 수 없었을 겁니다. 거듭 감사드립니다."

   연빈이 다시 한번 고개를 숙여 보였다.

   "음… 좋소. 잘살고 있다니 좋은 일이오. 아무튼 우리 두 사람의 과거 이야기를 할 자리는 아닌 것 같고, 일단 앉으시구려."

   나왕이 연빈에게 자리를 권하자 그제야 연빈이 조심스럽게 담교언 곁에 자리를 잡고 앉았다.

   나왕과 연빈의 짧은 인사가 끝나자 담교언이 고개를 돌려 삼화 명옥연에게 눈짓을 했다.

"약속드린 잔금이에요."

명옥연이 가지고 온 커다란 전낭을 석탁 위에 올려놓으며 말했다.

그러자 사송이 손을 뻗어 금자가 든 전낭을 집어 들어 옆으로 내려놓으며 말했다.

"일이 잘 끝나서 다행이오."

그러자 담교언이 기다렸다는 듯이 대답했다.

"십이천문의 청부는 잘 끝났지요. 하지만 우리 북화문은 더욱 곤란한 지경에 처했군요."

"음, 그 부분은 나도 안타깝게 생각하오."

사송이 진심을 담은 목소리로 말했다.

"그래서 말인데 새로운 청부를 받아주실 수는 없나요?"

이미 나왕이 거절의 의사를 내비친 새로운 청부를 담교언이 다시 입에 올렸다.

"역시 음양교를 상대하는 일을 말하시는 것이오?"

"그렇습니다."

담교언이 담담하게 대답했다.

"음… 이미 불사께서 말씀하셨지만 그 문제는 우리로선 곤란한 문제요."

"십이천문의 문규에 어긋나는 것인가요?"

"본래 우리 십이천문은 살인 청부는 받지 않소이다."

"뭔가 오해를 하셨군요. 본 문의 청부는 음양교 인왕을 죽여 달란 청부가 아닙니다. 단지 이달 보름, 그들의 공격으로부터 저희를 지켜달라는 청부입니다."

담교언이 자신의 요구 사항을 정확하게 말했다.

그러자 유왕 서리가 대답했다.

"결국 같은 말 아닌가요? 인왕으로부터 북화문의 칠화분들을 지켜내려면 결국 그와 싸워야 하는데……."

"우린 본 문에 강력한 방어진을 펼칠 겁니다. 어떤 자들도 함부로 뚫지 못할 방어진이지요. 하지만 기관진식에만 의지해서 저들을 막을 수 없으니 십이천문의 도움을 청하는 것입니다. 굳이 인왕과 검을 섞을 필요가 없을지도 모릅니다. 방어막을 잘 활용하면……."

담교언이 자신들의 계획을 숨기지 않고 털어놓았다. 그러자 사송이 물었다.

"그 이후에는 어쩔 생각이시오. 그날은 그렇게 적들을 막아냈다고 칩시다. 그 이후에는 어쩔 생각이오?"

"이후의 일은 무림맹에서 알아서 하겠지요."

담교언이 대답했다.

"무림맹에 도움을 청했다는 뜻이오? 그렇다면 굳이 우리가 필요할 이유가 없지 않소?"

사송의 이해할 수 없다는 듯 물었다.

그러자 담교언이 고개를 저었다.

"북화문의 이름으로 무림맹에 도움을 청하지는 않습니다. 단지… 무림맹에 음양교 인왕의 존재를 알리는 것으로 족하지요. 그자의 존재가 무림맹에 알려지면 당연히 무림맹이 움직이지 않겠어요? 무림맹이 움직이면 그자는 자기 살기 바쁠 겁니다. 감히 북화문을 공격할 엄두를 내지 못할 거예요. 문제는 우리에겐 시간이 없다는 거지요. 보름까지 무림맹이 움직이기에는 너무 촉박한 시간이지요."

적월은 괜히 그녀가 북화문의 문주가 아니라고 생각했다.

위급한 상황에서도 담교언은 앞으로 일어날 모든 일을 예측하고 있었고, 이번 보름의 한 번의 위기를 넘긴 후 무림맹을 이용해 음양교의 인왕을 방비할 계획까지 세우고 있었다.

"이이제이(以夷制夷)라… 나쁘지 않군."

자왕 사송은 담교언의 계획이 제법 그럴듯하다고 생각했는지 고개를 끄떡이며 말했다.

그러자 담교언이 다시 입을 열었다.

"그 하루의 밤, 저희 북화문을 인왕의 손에서 지켜주실 수 있지 않나요?"

말끝에 그녀의 시선이 머문 곳은 불사 나왕이었다. 십이천문에 청부를 하는 것이지만, 사실 그녀의 입장에서 보자면 음양교의 인왕 홍광을 상대할 자는 장내에 오직 불사 나왕뿐이라고 생각하고 있기 때문이었다.

그래서 이 청부는 나왕이 거절하면 아무 의미가 없는 청부였다. 물론 그녀가 자왕 사송이나 유왕 서리의 능력을 모르기 때문에 내린 결론이었지만.

담교언의 시선이 자신에게 머물자 불사 나왕이 잠시 생각에 잠겼다가 사송에게 물었다.

"어떻게 생각하시오?"

"음, 계획은 괜찮으나 과연 보름에 음양교 무리를 성공적으로 막을 수 있을지는 여전히 의문이오. 그들이 정확히 몇이나 될지도 모르는 일이고."

"아니, 그런 뜻으로 여쭌 것이 아니라 이 일이 본 문의 계획에 도움이 될 것 같소?"

나왕이 질문을 고쳐 물었다. 그러자 사송이 이내 나왕이 하는 말뜻을 알아들었다.

나왕은 북화문의 청부를 승낙해 인왕 홍광을 막아내는 것이 향후 십이천문이 혈월야의 흉수를 끌어내는 데 도움이 될 것 같냐고 묻는 것이었다.

"인왕 홍광을 물리친다면 아마도……."

"음……."

사송의 대답에 나왕이 잠시 생각에 잠겼다.

그러자 담교언이 물었다.

"혹, 세상의 이목을 경계하시는 것이라면 이 일에 십이천문이 관여했다는 사실을 비밀로 할 수도 있습니다만……."

"그럴 수는 없을 거요. 그럴 필요도 없고……."

나왕이 말했다.

"본 문 문도들의 입은 그리 가볍지 않습니다만……."

담교언 조금 불쾌한 표정으로 말했다.

나왕의 대답이 마치 북화문 문도들의 입을 단속하는 것이 불가능하다고 말하는 것처럼 들렸기 때문이다.

"북화문의 문제가 아니오. 지금 화문에서 일어나는 일을 주시하는 사람들이 있소."

"본 문을 감시하는 자들이 있다고요? 음양교 무리 말고 말인가요?"

담교언이 놀란 표정으로 물었다.

"감시라고는 말하기 어렵고, 그냥 주시하고 있다고 해둡시다. 만약 본 문이 움직이면 그들의 눈에 띄지 않을 수 없소."

"대체 그들이 누구죠?"

담교언이 묻자 나왕이 문득 시선을 연빈에게 돌렸다.

갑작스레 나왕의 시선을 받은 연빈이 놀란 표정으로 되물었다.

"저와 관련이 있는 사람들인가요?"

"개방의 천면개께서 북화문을 주시하고 있소."

"아, 그 어르신이……."

연빈이 나직하게 탄성을 흘렸다.

어찌 생각하면 당연한 일이었다. 개봉은 개방의 본산과 같은 곳, 그런 개봉에서 일어나는 일이 개방의 눈을 피할 수는 없었다.

"천면개를 알아요?"

담교언이 놀란 표정으로 연빈에게 물었다.

천면개 노광은 비록 황개교 아래서 늙은 거지로 살고 있지만, 사실 무림에서 그는 북화문주 담교언조차도 쉽게 만나기 힘든 인물이었다.

"과거 약간의 도움을 받아 가끔씩 춘몽원에 들르시면 술을 대접하는 정도입니다."

연빈이 담교언의 물음에 대답했다.

"칠화는 생각보다 무림과 인연이 깊군요."

"인연이랄 것도 없습니다. 천면개 어른 또한 여기 계신 불사 대협 덕분에 알게 된 것이고요."

연빈이 대답했다.

"역시 그렇군요. 천면개 노광 같은 사람은 쉽게 친분을 맺을 수 있는 사람이 아니지요."

담교언이 고개를 끄떡이며 말했다.

그러자 다시 나왕이 입을 열었다.

"아무튼 강호에 우리 십이천문에 대한 소문이 나는 것은 문제가 아니오. 다만 본 문의 미래에 이 일이 어떤 영향을 미칠지 그걸 고민하는 것이오."

나왕의 말에 담교언이 간절한 표정으로 말했다.

"부디 본 문의 위기를 모른 척하지 말아주십시오. 도와주신다면 향후 북화문은 십이천문의 어떤 요구라도 본 문의 일처럼 돕겠다는 약속을 드리겠습니다."

담교언의 말에 나왕이 사송과 서리를 바라봤다. 그러자 두 사람이 각기 고개를 끄떡였다. 향후 십이천문의 일에 북화문의 도움을 받을 수 있다면 이 청부가 가치 있는 일이라고 생각하는 듯했다.

그러자 불사 나왕도 결국 결정을 내렸다.

"좋소. 보름날 하룻밤, 그 사특한 자를 막아봅시다."

제7장
달은 차오르고

　모든 일이 일사천리로 진행됐다. 유왕 서리까지 장원을 나섰다.

　장원엔 공예만 남았다. 생각해 보면 위험한 결정이었다. 만약 사특한 마음을 먹은 자가 있어 십이천문의 장원을 공격한다면 공예 홀로 적을 막아내야 했다. 그리고 그건 거의 불가능한 일이었다.

　자신의 복수를 끝낸 후에도 공예는 유왕 서리의 무공을 열심히 수련하고 있었으나 그녀의 무공 수준은 십이천문의 다른 고수들에 비할 바가 아니었다. 더군다나 나이 또한 어렸다. 아직 스물이 넘지 않은 공예가 홀로 장원을 지키는 것은 거의 무모한 일이기도 했다.

　그러나 그럼에도 불구하고 공예를 홀로 장원에 남겨두기로 결정을 한 것은 그만큼 음양교의 무리들이 무서운 인물들이기 때문이었다.

무공도 무공이지만 음양교의 악독함은 무림맹 고수들조차 치를 떨게 만들었다.

그런 자들을 상대하기 위해서는 이쪽에서도 동원 가능한 모든 고수를 모을 필요가 있었다.

"누가 침범하면 절대 싸울 생각을 말고 지하 밀실에 숨어 있거라. 밀실이 발견되면 비도를 따라 도주하고!"

홀로 장원에 남은 공예에게 이 말을 전하고 불사 나왕 등 십이천문의 고수들이 장원을 떠난 것이 보름 이틀 전, 그리고 그다음 날 그들은 북화문의 장원에 있었다.

"왜요? 밥 줘요?"

북화문 장원 앞에서 경비를 서던 장삼이 아침부터 문 앞을 어슬렁거리는 늙은 거지에게 물었다.

북화문의 장원은 개봉 외곽 한적한 곳에 위치해 있어서 이곳까지 동냥을 오는 거지는 많지 않았다. 비록 개봉이 거지들의 본거지라 해도 그건 마찬가지였다.

그런데 오늘은 아침부터 늙은 거지 한 명이 장원 앞을 어슬렁거리며 경비를 서는 장삼의 신경을 긁어대고 있었다.

"아니, 밥은 됐고. 에, 그러니까 이곳이 북화문이 장원이 아닌가?"

늙은 거지가 머리를 긁적거리며 물었다. 그러자 그의 머리에서 흰 머리카락과 비듬이 우스스 떨어졌다.

하지만 장삼은 늙은 거지의 더러움에 신경 쓸 정신이 없었다.

북화문이라는 문파의 존재를 아는 것도 그렇고, 이곳이 바로 그 북화문의 본거지란 것을 아는 것도 그렇고, 이 더러운 늙은 거지가 보통 인물은 아닌 것이 분명하기 때문이었다.

"노인장은 대체 뉘시오?"

"북화문 맞지?"

늙은 거지가 다시 물었다.

"다 알면서 뭘 물으시오?"

장삼이 노인의 정체를 알아내려는 듯 날카롭게 노인의 노려보며 물었다. 그러자 노인이 퉁명스럽게 다시 물었다.

"내가 알기로 북화문은 여인들의 문파라고 하던데 어째서 자네 같은 사내가 북화문의 문지기가 되었는가?"

"제길, 문지기라니 말조심하시오! 물론 본 문에 여인이 많기는 하지만 나와 같은 사내들도 제법 있단 말이오."

"하아, 그렇군. 내가 그건 또 몰랐네."

늙은 거지가 짐짓 새로운 사실을 알았다는 듯 중얼거렸다. 하지만 그 모습은 다분히 여인들의 문파에서 문지기를 하고 있는 사내를 조롱하는 것처럼 보였다.

"보아하니 동냥질을 하러 온 것 같지는 않은데 대체 무슨 목적이시오?"

북화문의 몇 안 되는 사내 문도인 장삼이 정색을 하며 물었다. 그러자 늙은 거지가 스윽 정문 뒤쪽 북화문 장원을 훑어보며 말했다.

"어제 이곳에 손님들이 왔다고 하던데……."

순간 장삼이 가볍게 왼손을 뒤로 돌려 등 뒤에서 주먹을 쥐었다. 그러면서도 얼굴빛은 침착함을 유지하며 노인에게 물었다.

"대체 노인은 누구시오?"

늙은 거지의 말처럼 어제 북화문에는 귀한 손님들이 들어왔다. 위기에 처한 북화문을 돕기 위해 온 강호의 고수들이라고 알려진 인물들이었다.

물론 경비 정도를 서는 장삼으로서는 그들이 어떤 인물들인지에 대해선 자세히 알지 못했다.

그런데 이 늙은 거지가 그 고수들의 방문을 알고 있으니 더더욱 노인을 경계하지 않을 수 없었다.

"어제 온 손님 중에 내 친구가 있는 것 같아서 말이야. 그 친구가 날 만나기로 했는데 통 오질 않아서……."

이렇게까지 말하자 장삼은 이제 확신이 들었다. 그래서 노인의 정체가 더욱 궁금해졌다.

"이제 보니 정말 보통 분이 아니구려. 혹, 개방의 고수시오?"

장삼이 물었다.

"흠… 솔직히 말하자면 자네에게 하대를 받을 사람은 아니지."

"그렇다면 숨기지 말고 정체를 밝혀주시오. 그럼 안에 연락을 해보겠소이다."

"흐흐흐, 안에는 벌써 연락을 하지 않았나? 봐. 벌써 사람들이 나오는군."

노인의 말처럼 어느새 장삼의 등 뒤에서 사람들의 인기척이 들렸다.

사실 장삼이 노인과 대화를 하며 등 뒤로 주먹을 쥐어 보인 것은 수상한 외인의 방문을 알리는 북화문의 수신호였다.

그 신호를 본 동료가 장원 안 북화문의 수뇌들에게 이를 알렸고, 그에 따라 북화문의 수뇌들이 정문으로 달려왔던 것이다.

그런데 그렇게 정문으로 달려 나온 북화문의 수뇌 중 한 명이 놀란 목소리로 노인을 불렀다.

"어르신!"

"어! 춘몽원주께서도 있으셨나?"

거지 노인이 조금 어색한 표정으로 되물었다.

거지 노인을 아는 척한 여인은 춘몽원주 연빈, 그리고 거지 노인은 황개교 밑에 터를 잡고 사는 개방의 고수 천면개 노광이었다.

"여긴 어쩐 일로?"

노광의 뜻밖의 방문에 놀란 연빈이 급히 물었다. 그러자 노광이 재빨리 연빈과 함께 나온 북화문 고수들을 살피며 대답했다.

"그 친구가 와 있다고 해서……."

"그 친구라뇨?"

"내가 원주에게 그 친구라고 말할 수 있는 사람이 한 사람밖에 없다는 걸 알 텐데?"

노광이 되물었다.

그러자 연빈의 표정이 일변했다.

"그 사실을 어떻게……."

연빈도 이제는 노광이 누굴 찾아왔는지 짐작할 수 있었다. 천면개 노광은 불사 나왕을 만나러 온 것이다.

"설마 이 개봉에서 나와 개방의 눈을 피할 수 있는 사람이 있다고 생각하는 건 아니겠지?"

"그, 그야……."

"그 친구가 말이야. 내게 꼭 해줘야 하는 말이 있는데 날 만나러 오지 않고 북화문에 먼저 왔단 말이지. 그래서 내가 그 친구를 만나러 왔네."

"알겠습니다. 일단 말씀을 전하지요."

연빈이 대답했다.

그러자 노광이 얼굴을 찌푸리며 말했다.

"설마 안으로 초대하지도 않겠다는 건가?"

"그건… 제 권한을 벗어나는 일입니다."

"허어! 북화문에서 화문칠화의 권한을 벗어나는 일이 그리 흔한 것은 아닌데, 늙은 거지 한 명 장원에 들이는 일이 그리 대단한 일인가?"

"춘몽원에서라면 벌써 모셨을 것이나……."

연빈이 미안한 기색을 보이며 말꼬리를 흐렸다. 그러고는 고개를 돌려 한 여인에게 말했다.

"들어가서 급히 전해요. 개방의 천면개께서 귀빈을 만나고 싶다 하신다고."

연빈의 말에 여인이 고개를 숙여 보이고는 서둘러 장원 안쪽으로 들어갔다.

그러자 그 모습을 보고 있던 노광이 심각한 표정으로 말했다.

"확실히 북화문에 큰일이 나긴 난 모양이군. 이렇게 경계가 삼엄하다니. 더군다나 이 천면개 노광을 안으로 들이지 않을 정도면……."

"개봉의 일이 눈에 환하시니 본 문이 공격당하고 있다는 걸

아시지 않습니까?"

연빈이 물었다.

"물론 그렇기는 하지. 하지만 대체 어떤 자들이기에 천하의 북화문이 이렇게 긴장을 하는 건지 궁금하군? 더군다나 불사까지 데려올 정도면. 아니, 그보다 그 친구가 이 일에 관여할 정도면 절대 단순한 적이 아니란 뜻인데……."

"아마 곧 아시게 될 거예요."

연빈이 대답했다.

"그 말은 적의 정체가 세상에 드러날 거란 뜻이오?"

"네."

연빈이 망설이지 않고 대답했다. 그러자 노광이 애매한 표정으로 머리를 긁적이며 말했다.

"어차피 세상에 알려질 것이라면 미리 이야기를 해주고 무림의 동도들에게 도움을 받는 것도 좋을 것 같은데……."

그러자 연빈이 미소를 지으며 대답했다.

"북화문은… 좋은 사냥감이죠. 모두에게."

그러자 노광이 멋쩍은 웃음을 터뜨렸다.

"허허허, 그렇게 되나? 하긴 뭐… 허허허!"

노광이 웃음을 터뜨리는데 장원 안쪽에서 중년의 추남이 서둘러 걸음을 옮겨 정문으로 나왔다.

그러고는 대뜸 노광에게 물었다.

"여긴 왜 오셨습니까?"

"그야 당연히 불사를 만나러 왔지."

"날 왜요?"

"허어? 이거 이러면 약속이 다르지 않나?"

"무슨 약속 말입니까?"

"내가 도움을 주면 불사도 내게 알아낸 것을 말해주기로 하지 않았나?"

노광이 따지듯 물었다.

"내가 그랬나요?"

"정말 잊어버린 건가, 아니면 일부러 잊은 척하는 건가?"

노광이 불편한 표정으로 물었다.

"일부러 잊은 척이야 하겠습니까?"

"좋아. 그렇다고 믿어주지. 자, 그럼 나와 잠시 이야기를 나누세. 장원으로는 못 들어간다니 다른 곳으로 가지."

노광이 불사 나왕에게 말했다.

그러자 나왕이 고개를 저었다.

"그러실 필요 없습니다."

"뭐야. 여전히 입을 다물겠다고?"

노광이 정말 화가 난 듯 되물었다.

"그런 것이 아니라 북화문의 문주께서 장원 안으로 모셔도 된다고 하셨다는 말이죠."

"그래? 흐흐흐, 이제야 좀 사람대접을 받는 것 같군. 그럼 들어가세. 오래 서 있었더니 다리가 후들거려서……."

노광이 걸음을 옮기려는데 나왕이 그의 걸음을 막았다.

"그런데 안타깝게도 어르신께서는 장원에 머물 시간이 없으실 것 같습니다만……."

"그건 또 무슨 궤변인가? 내가 북화문에 머물 시간이 없을 거라니?"

노광이 의아한 표정으로 물었다.

그러자 불사 나왕이 노광의 곁으로 다가오더니 그의 귀에 대고 나직하게 말했다.

"북화문을 침범한 자가 누군지 아십니까?"

"제길, 지금 그걸 들으러 온 것 아닌가?"

노광이 짐짓 화를 냈다.

그러자 나왕이 더 작은 목소리로 말했다.

"놀라지 마십시오. 흉수는 바로 음양교의 인왕 홍광입니다."

"홍… 뭣?"

노광이 너무 놀라 훌쩍 뒤로 물러서며 되물었다. 그러자 나왕이 그런 노광을 보며 덤덤하게 말했다.

"이제 제 말을 이해하시겠지요? 어르신께서 북화문에 머물 시간이 없으실 거라는……."

"정말 사실인가?"

"그렇습니다."

"어떻게 그자가……."

"그야 제가 아니라 남궁세가에 물으셔야겠지요. 아무튼… 난 북화문을 도와 오늘 밤 그자를 상대할 겁니다. 물론 그 이후에는 무림맹이 그자를 쫓아야겠지요."

나왕의 말에 노광의 표정이 몇 차례 변했다. 그러다가 갑자기 묵묵히 고개를 끄떡였다.

"차도살인! 좋군."

무림맹의 칼을 빌어 이 일의 흉수인 음양교의 인왕 홍광을 제거하려는 북화문의 계책을 두고 하는 말이다.

"북화문의 문주께서는 이이제이(以夷制夷)라고 하시더군요."

"이이제이라… 흐흐흐, 그 말도 맞군. 그자나 무림의 명문을 자처하는 자들이나 북화문의 입장에선 같은 무리들이라……."

"아무튼 잘 부탁합니다."

나왕이 말했다.

그러자 노광이 인상을 찌푸렸다.

"이제 보니 처음부터 날 기다리고 있었군."

"오시지 않으면 뵈러 가려 했지요. 하룻밤 새 무림 고수들을 움직일 수 있는 곳은 오직 개방뿐이니."

나왕이 드물게 보여주는 미소를 지으며 말했다.

그러자 노광이 심각한 표정으로 물었다.

"오늘 밤을 버텨낼 수는 있겠고?"

노광의 질문에 나왕이 망설이지 않고 대답했다.

"제가 불사 나왕입니다."

"아, 그렇군. 내가 그자만 생각하고, 자네의 존재를 잠시 잊고 있었군. 불사 나왕이라면 뭐… 막아내는 거야 어렵지 않겠지. 북화문이 좋은 친구를 얻었어."

"친구가 아니라 청부업자지요."

"이러나저러나. 자네 말대로 나만 급하게 생겼군. 이런 기회는 흔치가 않으니까. 죽은 자가 살아왔으니 당연히 다시 죽여줘야지 않겠나?"

"어르신의 활약, 기대하지요."

나왕이 말했다.

"후후, 결국은 일을 내게 떠넘기고 마는군."

"개방이 나서기 싫으면 다른 곳에 넘길 수도 있지 않습니까?"

"아닐세. 개방이 먼저 나섬세. 흐흐, 이 기회에 도도한 남궁세가 칼잡이들 코를 납작하게 해주겠어. 그럼 가네."

천면개 노광이 손을 한 번 흔들고는 뒤도 돌아보지 않고 달리기 시작했다. 공력을 끌어 올린 천면개 노광의 걸음은 뛰는 것보다도 빨라, 순식간에 사람들의 시선에서 멀어졌다.

"예상대로 되어가는군요."

칠화 연빈이 멀어지는 노광을 보며 말했다.

"문주의 생각이 맞았던 것 같소."

"문주님은 생각보다 치밀하신 분이지요."

연빈이 대답했다.

"그녀를 오래 안 것은 아니잖소?"

나왕이 연빈을 보며 물었다.

그러자 연빈이 웃으며 대답했다.

"보통은 사람을 오래 두고 봐야 그 진실한 면을 알게 되는 법이지만, 가끔은 한 번의 만남으로도 그 사람의 본성을 알 수도 있지요."

의미심장한 연빈의 말에 나왕이 당황한 표정을 지었다. 그와 연빈 역시 아주 짧은 하룻밤 인연으로 보았던 사이기 때문이었다.

그럼에도 불구하고 두 사람이 마치 아주 오래된 인연처럼 느껴지는 것은 그 한 번의 만남이 서로에게 잊을 수 없는 추억을 선물했기 때문일 것이다.

"흐흠, 아무튼 그대도 조심하시오. 음양교는… 정말 무서운 자들이오."

"걱정해 주서서 고맙습니다."

연빈이 대답했다.

"걱정을 안 할 수 없는 상대들이니까."

"또 하나 감사드릴 게 있어요."

"……."

"다시 만난 절 외면하지 않아주서서 고마워요."

"외면할 이유가 없지 않소?"

나왕이 무뚝뚝하게 대답했다.

"하긴… 그렇군요."

연빈이 조금 실망한 표정으로 대답했다. 나왕의 대답이 오히려 그녀와 자신과의 관계에 선을 긋는 듯한 대답이기 때문이었다.

그런 그녀를 보며 나왕이 그 자리를 벗어나고 싶은지 서둘러 걸음을 옮기며 말했다.

"난 먼저 들어가 보겠소. 저녁에 봅시다."

그 말을 남기고 나왕이 빠르게 장원 안쪽으로 사라졌다.

그러자 연빈이 우울한 표정으로 중얼거렸다.

"그래. 저분께야 무슨 의미가 있을까. 술 한잔 먹고 하룻밤 우울함을 달랬던 기녀였을 뿐인데……."

*   *   *

나왕이 피하듯 연빈을 떠나 십이천문의 사람들이 머물고 있는 곳으로 돌아왔을 때, 적월 등은 거처 마루 위에서 서서 화문 사람들의 움직임을 바라보고 있었다.

"만나셨어요?"

나왕이 돌아오자 적월이 물었다.

"음."

"일은 제대로 되었고요?"

"그래. 오늘을 넘기면 내일부터는 개방이 나설 것이다. 개방이 나선다면 온 무림이 나선다고 봐야겠지."

나왕이 대답했다.

"결국 오늘 밤이 문제군요."

"그렇다고 봐야지. 자왕께서 보시기엔 어떻소?"

나왕이 자왕 사송에게 물었다.

그러자 사송이 대답했다.

"사화 천소담이라고 했던가요?"

"그렇게 들었던 것 같소."

"정말 뛰어난 여인인 듯하오."

사송이 말했다.

"그렇게 대단하오?"

"나도 쉽게 파고들 수 없는 함정이오. 만약 홍광이 아무 대책 없이 들어온다면 그는 반드시 이곳에서 죽을 것이오."

사송이 확신했다.

그러자 곁에 있던 유왕 서리가 말했다.

"문제는 북화문에 스며든 음양교의 간자예요. 세심하게 모든 문도를 살폈음에도 아직 간자를 찾지 못했다고 하더군요. 그렇다면 간자는 분명 이곳에 함정이 있다는 걸 홍광에게 전했을 거예요."

"물론 그랬겠지."

"그러니 그자도 분명 대비를 하고 올 거예요."

유왕 서리가 경계의 빛을 보였다.

"함정이 있다는 것을 알면 오지 않을 수도 있지 않을까? 그럼 좋은데. 오지 않으면 내일부터는 개방과 무림이 그를 상대할 테니까."

사송이 손바닥을 비비며 말했다.

그러자 불사 나왕이 말했다.

"그는 반드시 올 거요."

"왜 그렇게 생각하시오?"

"오늘 밤만이 그에게 기회란 걸 알고 있을 테니까 말이오. 간자가 있다면 오늘 내가 천면개 어른을 만난 것을 그에게 알릴 것이오. 그렇다면 인왕 홍광 역시 오늘 밤이 지나면 그에게 더 이상 기회가 없을 거란 걸 알 것이오."

"음… 그렇기는 하구려. 그래서 공개적으로 천면개를 만난 것이구려?"

"그렇소."

나왕이 고개를 끄덕였다.

그러자 사송이 다시 입을 열었다.

"그렇다면 이제 조급한 것은 그 인왕 홍광이겠군. 그리고 조급한 자는 언제는 실수를 하게 마련이지."

"혹은 더 난폭해지기도 하지요."

유왕 서리가 말했다.

"그래도 시간은 결국 북화문 편일 것 같은데?"

"두고 봐야죠. 그자가 어떤 수단을 가지고 올지."

*   *   *

청홍의 두건을 쓴 자들이 은밀하게 산길을 질주했다. 해가 넘어간 지 반 시진, 어느덧 세상은 어둠에 빠져들고 있었다.

숫자는 모두 십여 명, 질주하는 속도는 날짐승이 따르지 못할 만큼 빨랐다.

그런데 거침없이 산길을 질주하던 무리 앞에 불쑥 두 개의 검은 그림자가 나타났다.

그러자 달리던 자들이 걸음을 멈추고 길을 막은 자들을 바라봤다.

"인왕을 뵙습니다."

길을 막은 자들이 무리 중 가운데에 위치한 노인을 보고는 그 자리에 부복했다.

"일어나라."

음양교의 삼 대 법왕 중 한 명인 인왕 홍광이 손을 들어 올리자 마치 그 손에서 힘이 전달된 것처럼 부복한 자들이 몸을 일으켰다.

"전하라."

"모든 준비는 끝났습니다. 북화문에 도착하기 전 세 번에 걸쳐 사람들이 합류할 것입니다."

"숫자는?"

"모두 일백입니다."

"좋아. 그 정도면 북화문을 장악하는 것이 어렵지 않겠군."

"그런데 대공자께서 전하라는 특별한 말씀이 있으셨습니다."

"악소가?"

"예."

"말하라."

"개방의 움직임이 심상치 않다고 말씀하셨습니다."

"개방이라… 그자들의 본거지가 개봉이니 북화문에 일이 생긴 것은 알고 있을 것이다."

홍광이 특별한 일이 아니라는 듯 말했다.

그러자 심부름을 온 자가 다시 입을 열었다.

"구결의 고수들도 움직임을 보인다고 합니다."

"구결의 늙은 거지들까지? 음……."

홍광이 조금 심각해진 표정을 지었다. 그러다가 다시 물었다.

"그들이 북화문 근처로 움직인다더냐?"

"그건 아닙니다."

"좋아. 오늘 밤 일에만 관여하지 않으면 된다. 설혹 몇몇 비렁뱅이들이 온다 해도 감히 오늘 나 인왕의 행사를 방해하지 못할 것이다. 그나저나… 이 계집들이 반항을 하겠다는 말이지? 후후!"

홍광이 흥미로운 사냥감을 앞에 둔 사람처럼 묘한 미소를 지었다.

"대공자님의 말에 의하면 장원 내 함정을 파고 방어막을 구축했다고 합니다. 그리고 십이천문의 고수들도 불러왔다고 합니다. 그런데……."

"또 뭐냐?"

더 이상의 말은 짜증스럽다는 듯 홍광이 화난 목소리로 물었다.

"그… 십이천문의 고수들 중 눈여겨봐야 할 자가 있다고 하셨습니다."

"겨우 청부업을 하는 자들 중에 내가 눈여겨봐야 할 자가 있다고? 그게 누구란 말이냐?"

"불사란 자가 끼어 있답니다."

순간 홍광의 표정이 굳어졌다.

"불… 사? 설마 불사 나왕 말이냐?"

"예, 인왕!"

사내가 대답했다.

그러자 홍광이 화를 터뜨렸다.

"이런 정신 나간 놈을 보았나? 그 사실을 왜 이제 말한단 말이냐? 그것이야말로 가장 먼저 말했어야 하는 일 아니더냐?"

"그, 그것이 개방의 움직임이 더 중한 듯하여……."

"멍청한 놈! 개방의 거지들이야 당장은 직접 위협이 되지 않는 자들이 아니냐? 그에 비해 불사 나왕은 북화문 전체를 상대하는 것만큼 위험한 자란 말이다."

"죄송합니다."

소식을 전하러 온 사내가 감히 고개를 들지 못하며 용서를 빌었다.

그러자 인왕 홍광이 잠시 생각에 잠겼다가 입을 열었다.

"그들이 우리의 정체를 알고 있는 것 같다고 하더냐?"

"아직 모르는 듯했습니다."

"좋아. 그렇다면 아직은 우리에게 승산이 있다. 비록 불사 나
왕이 와 있다 해도 탈혼문의 후예들을 앞세워 그를 옭아매면 나
머지 화문의 계집들이야 처리 못 할 것이 아니지. 넌 서둘러 돌
아가 악소에게 전하라. 개방의 움직임을 면밀히 살피고 술시에
맞춰 약속 장소로 오라고!"

"알겠습니다."

큰 벌을 받지 않은 것을 다행이라고 생각했는지 전갈을 가지
고 왔던 사내 둘이 급히 어둠 속으로 사라졌다.

그러자 인왕 홍광이 살기를 드러내며 중얼거렸다.

"불사 나왕… 그자까지 사냥할 수 있다면 음양교의 주인이 되
는 데 더할 나위 없는 제물이 되겠지."

*   *   *

달은 이미 오래전에 떠올랐다. 보름달이 북화문의 장원을 대
낮처럼 비추고 있었다.

이른 저녁 간단하게 요기를 마친 십이천문의 고수들은 북화
문주 담교언의 요청으로 장원이 한눈에 보이는 나지막한 누각으
로 향했다.

누각으로 가는 길 곳곳에서 보이지 않는 살기가 느껴졌다. 사

람이 내는 살기도 있고, 사람을 상대하기 위해 만든 함정에서 자생적으로 흐르는 냉기도 있었다.

"생각보다 대단하군요."

걸음을 옮기며 유왕 서리가 말했다. 그녀 역시 자왕만큼 예민한 감각을 지니고 있어서 북화문의 장원에 숨겨진 함정들을 세세하게 파악할 수 있었다.

"우리의 도움이 필요 없었을 수도 있겠어."

자왕 사송도 유왕 서리의 말에 동조했다.

그러자 서리가 말했다.

"이렇게 되고 보니 북화문주가 본 문에 도움을 청한 이유가 분명해지는군요. 그녀는 우리가 필요했던 게 아니라 오직 불사대협이 필요했던 거예요. 인왕 홍광을 상대할 고수가요."

"음, 결국은 그렇다고 봐야지."

자왕 사송도 고개를 끄덕였다.

그러자 불사 나왕이 말했다.

"그녀가 두 분의 실력을 제대로 알게 된다면 이 청부가 얼마나 큰 행운인지 깨닫게 될 거요."

"후후, 그녀가 기대하지 않는데 우리가 굳이 싸움에 나서서 힘을 쓸 이유가 있겠소이까? 그저 뒤로 물러나 싸움 구경이나 하겠소이다."

사송이 목숨 걸고 싸우고 싶지 않다는 듯 말했다.

"글쎄… 그들이 그런 여유를 줄지 모르겠소."

나왕이 말했다.

"비록 그들이 음양교와 탈혼문의 후예라 해도 이런 함정이라면 쉽지 않을 것이오."

사송이 정색을 하며 대답했다.

"물론 나도 그렇게 생각하오. 하지만 여전히 변수가 남아 있지 않소?"

"그… 간자 말이구려."

사송이 말했다.

여전히 북화문에서는 문 내에 침투해 있는 간자를 찾아내지 못하고 있었다. 이런 상황에서 난전이 벌어지게 되면 내부의 간자가 반드시 큰 위험을 초래하게 될 것이다.

"아무래도 간자를 찾아내는 일은 두 분이 맡으셔야 할 것 같소."

나왕이 말했다.

"우리가 무슨 수로 간자를 찾는단 말이오? 북화문에서 모든 문도를 철저히 조사하고도 찾지 못한 간자인데. 우린 북화문의 문도들 얼굴도 제대로 모르지 않소?"

사송이 의아한 표정으로 물었다.

그러자 나왕이 대답했다.

"지금까지 간자가 한 일은 북화문의 사정을 홍광에게 전하는 일이었소. 하지만 오늘 밤은 다르오. 오늘 밤 간자의 임무는 분명 내부에서 혼란을 일으키는 일일 것이오. 준비된 기관을 파괴하는 것 같은 말이오."

"오, 정말 그렇겠구려. 그렇다면야……."

사송이 유왕 서리를 바라봤다.

그러자 서리가 고개를 끄덕였다.

"그야말로 우리에게 딱 맞는 일이지요."

"흐흠, 북화문 문도들의 움직임을 한눈에 살필 수 있는 적당한 장소를 찾을 수만 있다면 오늘 밤 반드시 간자를 찾을 수 있겠군."

간자를 찾으라는 나왕의 말에 처음에는 자신 없어 하던 사송이 이제는 그 일에 확신을 가진 듯 자신감을 드러냈다.

"그 장소는 아마도 북화문의 문주가 제공하지 않겠소?"

나왕이 말을 하면서 눈을 들어 정면을 바라봤다.

그러자 작은 누각에 올라서서 분주히 북화문의 문도들을 움직이고 있는 북화문주 담교언이 눈에 들어왔다.

"어서 오세요. 식사는 제대로 하셨는지요?"

누각으로 올라온 십이천문의 고수들을 담교언이 반갑게 맞았다.

"오늘 같은 날 요기하는 게 뭐가 중요하겠소이까?"

사송이 대답했다.

"호호, 그래도 이런 날일수록 든든히 먹어야지요."

강적을 상대해야 함에도 담교언은 전혀 긴장한 빛이 보이지 않았다. 그 점이 적월의 눈에는 이상하게 보였다.

물론 여러 가지 준비들을 하고 있었다. 곳곳에 북화문에서 비밀리에 키우는 무인들이 숨어 있었고, 장원은 사화 천소담의 지휘 아래 수많은 함정들이 도사리는 사지로 변해 있었다.

거기에 더해 불사 나왕이라는 절대고수까지, 생각해 보면 담교언이 믿을 만한 구석은 적지 않았다.

그러나 그럼에도 불구하고 상대는 음양교의 노마 홍광과 사술로 무장한 마인들이었다. 그런 자들을 상대하는 것은 아무리 준비가 철저해도 긴장할 수밖에 없는 일이었다.

그런데 담교언은 전혀 긴장한 빛이 보이지 않았다. 그런 담교언의 모습에서 이 여인이 얼마나 담대한 심장을 가지고 있는지 알 수 있었다.

'괜히 북화문의 문주가 된 것은 아니겠지.'

적월이 내심 담교언의 담대함에 감탄하고 있을 때, 담교언이 뜻밖에 새로운 사람들을 소개했다.

"아직 약속한 술시가 되려면 시간이 남았는데도 불구하고 이렇게 일찍 청한 것은 소개해 드릴 사람과 오늘 이 장원에 설치된 살진들을 알려 드리기 위함이에요."

담교언의 말에 십이천문의 고수들은 담교언의 뒤쪽에 서 있는 두 여인에게 눈길을 주었다.

두 여인 모두 남장을 하고 있었고 서른 전후의 나이로 보였다.

'무서운 사람들이군.'

적월은 직감적으로 담교언 뒤에 서 있는 두 사람이 살수의 기운을 지니고 있다는 것을 깨달았다. 두 사람은 날이 선 도검처럼 일부러 일으키지 않아도 자연스럽게 살기를 흘려내고 있었다.

"살진들에 대한 설명은 우리도 듣고 싶었소이다. 그런데 소개시켜 줄 분들은 어떤 분들인지……."

그러자 담교언이 한 발 뒤로 물러서며 몸을 돌렸다. 그러고는 그녀의 뒤쪽에 서 있던 두 명의 여인을 가리켰다.

"이 사람들이에요. 각기 화명과 수월이라는 이름을 가진 사람들인데, 오늘 강적을 맞아 크게 활약할 거예요."

담교언의 소개가 있자 같은 무복 차림에 오직 청홍의 머리띠만 다른 두 여인이 십이천문의 고수들에게 말없이 고개를 까딱였다.

그러자 십이천문의 고수들도 얼떨결에 고개를 숙여 인사를 받은 후 사송이 담교언에게 물었다.

"북화문의 여협들이오?"

그러자 담교언이 모호한 대답을 했다.

"그렇다고도 아니라고도 할 수 있겠지요."

"무슨 말씀인지……."

사송이 아리송한 담교언의 대답에 재차 물었다.

"이 두 사람은 지금까지는 우리 북화문의 사람들이었어요. 북화문을 위해 어둠 속에서 위험한 일들을 도맡아 해왔지요. 하지만 오늘이 지나면 이 사람들은 더 이상 북화문의 사람들이 아닐 겁니다."

담교언이 담담한 목소리로 말했다.

그녀의 말은 여전히 모호했으나 십이천문의 사람들은 얼추 두 여인과 북화문의 관계를 추측할 수 있었다.

아마도 화명과 수월 두 여인은 모종의 약속이나 금제로 인해 북화문에 매여 있던 사람들일 것이다.

그리고 오늘 음양교의 침범이라는 북화문 최고의 위기를 맞아 북화문을 위해 싸우는 것으로 그 금제나 약속에서 풀려나게 될 것이라는 의미였다.

간혹 강호의 문파에는 이렇게 과거의 약속들로 인해 어쩔 수 없이 그 문파를 위해 싸우는 사람들이 존재했다.

그러고 보면 두 여인은 다른 북화문의 문도들과는 확연히 다른 기도를 지니고 있기도 했다.

"어떤 일을 맡게 되오?"

나왕이 물었다. 불사 나왕다운 질문이다. 무림맹 시절부터 불사 나왕은 싸움에 임해서는 누구보다 탁월한 능력을 발휘한 사람이었다. 그런 그에게 오늘 싸움에서 두 여고수의 역할은 무척 중요한 문제였다.

자칫 맡은 역할이 정확하지 않으면 싸움 중에 혼선이 생길 수도 있기 때문이었다.

"이 사람들은 어둠 속에서 저들을 기습할 겁니다."

담교언이 대답했다.

"음, 그 대상에 그자도 포함되오?"

"인왕 홍광 말인가요?"

"그렇소."

"기회가 된다면……."

"그럼 미리 말해두겠소. 만약 내가 그자와 겨루는 경우가 생긴다면 절대 그 싸움에는 끼어들지 마시오. 무인의 자존심 때문이 아니라 내 검은 다른 사람과의 협공에 익숙하지 못하오."

"알겠어요. 그렇게 하죠."

불사 나왕의 말에 담교언이 즉시 대답했다. 사실 불사 나왕 같은 고수의 싸움에 감히 끼어든다는 것은 강호에선 상상하기도 어려운 일이었다.

"그리고 한 가지 부탁이 더 있소."

"말씀하시지요?"

"장원 전체를 살펴볼 수 있는 장소를 마련해 주셨으면 하오."

"대협께 말인가요?"

담교언이 되물었다.

"아니오. 그곳에는 자왕, 유왕께서 계실 것이오."

"특별한 이유가 있나요?"

담교언이 물었다. 그녀가 생각하기에 십이천문의 사람들은 숫자가 적어 한곳에 모여 있는 것이 유리할 것 같기 때문이었다. 굳이 사방에 흩어져 있을 이유가 없었다.

"이유는… 나중에 아시게 될 거요. 하지만 이 싸움에 꼭 필요한 일이기도 하오."

"…알겠어요. 그렇게 하죠."

담교언이 의구심을 가지면서도 나왕의 요구를 받아들였다. 그녀로서는 애써 청해온 십이천문 고수들의 심기를 불편하게 하고 싶지 않았다.

"좋소. 그럼 두 분은 지금 자리를 옮겨주시오."

나왕이 사송과 유왕 서리를 보며 말하자 두 사람이 고개를 끄떡였다.

"그럽시다. 어디로 가면 되겠소?"

사송이 담교언에게 묻자 담교언이 삼화 명옥연에게 말했다.

"삼화께서 이 두 분을 봉화루 가장 윗방과 화중전 지붕으로 안내해 주세요. 그곳이라면 오늘 이곳에서 벌어지는 모든 일을 한눈에 보실 수 있을 겁니다."

"알겠습니다, 문주님! 두 분은 절 따라오세요."

명옥연이 사송과 서리에게 말했다.

그러자 자리를 떠나기 전 사송이 적월을 보며 당부했다.

"조심하거라. 이 싸움은 형세가 급변할 수 있는 싸움이다. 비무와는 다르다."

"제 걱정은 마세요. 그러니 숙부님과 고모님께서도 조심하세요."

"음… 우리야 뭐… 목숨 지키는 데는 이골이 난 사람들이니까 걱정 말거라. 불사 대협! 그럼 이 아이를 잘 부탁드리오."

사송이 정중하게 나왕에게 부탁했다.

그러자 나왕이 웃으며 대답했다.

"아시지 않소이까? 정작 내가 이 아이의 도움을 받을 수도 있다는 것을."

"그야… 싸움은 무공의 경지와는 또 다른 것이라……."

사송이 말꼬리를 흐렸다.

그러자 서리가 사송을 재촉했다.

"그 아이 걱정은 말아요. 어서 가요."

"흐흠… 알았어. 자, 갑시다."

사송이 명옥연에게 말하자 명옥연이 두 사람을 데리고 누각을 벗어났다.

누각 위의 사람들은 잠시 말을 끊고, 세 사람이 멀어지는 것을 보고 있었지만 북화문주 담교언만은 깊은 눈으로 적월을 살펴보고 있었다.

제8장
그가 왔다

저벅저벅……

북화문의 장원이 눈에 보이자 인왕 홍광이 이끄는 음양교 무리들은 더 이상 자신들의 기척을 숨기지 않았다.

스스슥!

계속해서 홍광의 주위로 은밀히 이동하던 새로운 무리들이 합류했다.

홍광이 장원에서 오십여 장 앞까지 다가왔을 때, 그의 제자 악소도 모습을 드러냈다.

"사부님!"

홍광 앞에 나타난 악소가 고개를 숙이며 홍광을 맞았다.

"개방은?"

"분주하긴 하지만 이쪽으로 움직인 자들은 극소수입니다."

"음… 주시하고 있긴 하단 거군."

"그렇습니다."

"우리의 정체가 알려진다면 화문을 접수해도 이곳에 머물 수 없을지 모른다. 그러니 정체를 숨기는 일에 만전을 기하라."

"예. 사부님!"

"안의 사정을 어떠하냐?"

"사매의 전언에 의하면 정문 안쪽 공터를 중심으로 암기와 화살들이 준비된 절진이 펼쳐져 있는데 화공까지 가능한 듯합니다."

"화공까지?"

홍광이 조금 놀란 눈으로 악소를 보며 되물었다.

"그렇습니다."

"음, 단단히 결심을 했군. 최후의 순간에는 장원을 포기할 수도 있단 뜻이군."

"그런 듯합니다."

"그렇게까지 되어서는 안 되지."

"적어도 화공은 사매가 막아낼 수 있을 겁니다. 기름과 유황에 손을 쓸 수 있다고 합니다."

"그래? 그럼 됐군."

홍광이 고개를 끄떡였다.

"그러나 화살과 암기의 공격 역시 만만치 않을 것입니다만……."

악소의 걱정에 홍광이 슬쩍 한 걸음 앞으로 나서며 악소의 귀에 대고 말했다.

"탈혼문의 칼잡이들을 뒀다 어디에 쓰게?"

"그럼……."

"화살받이가 필요하다면 써야지. 아깝지만……."

"알겠습니다. 그들에게 앞을 맡기지요."

"좋아. 일단 가서 화문의 계집을 만나보자."

홍광이 성큼성큼 걸음을 옮겨 문 앞으로 걸어가기 시작했다.

"옵니다!"

장원 안쪽 누각에 서 있던 담교언을 향해 화문의 문도 한 명이 정문 앞에서 소리쳤다.

그러자 담교언이 주위를 돌아보며 말했다.

"모두 마음을 단단히 먹도록 해요. 이 싸움에 화문의 미래가 달렸어요."

"예, 문주!"

"좋아요. 그럼 문을 여세요."

"문을요?"

놀란 삼화 명옥연이 담교언을 바라봤다.

"어차피 열릴 문, 싸우기 전에 그자의 얼굴을 보고 싶군요."

"알겠습니다."

명옥연이 담교언의 의사를 재차 확인하고는 정문 쪽을 향해 소리쳤다.

"문을 열고 뒤로 물러나라!"

명옥연의 명이 떨어지자 정문을 지키던 북화문의 문도들이 장원의 문을 활짝 열고 재빨리 어둠 속으로 사라졌다.

"귀인께서 오셨으니 북화문의 문주는 문 앞으로 나와 귀인을 맞으시오!"

장원 앞에 도착한 음양교의 무리 중 한 명이 큰 목소리로 외쳤다. 그러나 장원 안에서는 아무런 대답이 없다.

그러자 사내가 다시 외쳤다.

"귀인을 모시지 않으면 북화문에 큰 화가 미칠 것이오."

협박을 해대는 손님은 손님이 아니다. 그런 자들은 손님이 아니라 도적일 뿐이다.

적의 협박에 북화문의 장원 안쪽에서 그 도적들에게 걸맞은 대답이 흘러나왔다.

"사람을 죽이는 귀인은 존재하지 않는다. 북화문의 뿌리가 얕지 않다. 괜히 낭패를 당하지 말고 도적들은 물러가라!"

"정녕 귀인을 반기지 않고 화를 자초하겠다는 것인가?"

"흥, 용기가 있다면 스스로 들어와 보라. 지옥을 구경하게 될 테니."

북화문의 문도도 전혀 물러서지 않고 음양교 무리를 향해 험한 말을 쏟아부었다.

그러자 음양교 무리에 둘러싸여 있던 홍광이 고개를 돌려 검은 두건을 눈 아래까지 쓰고 있는 초로의 노인을 보고 말했다.

"사풍객께서 탈혼문의 형제들과 길을 열어주시겠소?"

"맡겨주시면 영광입니다."

검을 두건을 쓴 노인이 홍광을 바라보며 대답했다.

"하하하, 역시 탈혼문의 형제들은 언제나 물러섬이 없구려."

"냄새나는 계집들 상대하는 일이 뭐가 어렵겠습니까. 단지 걱정은 우리 아이들이 저 계집들을 모두 죽이지나 않을까 그게 걱정이지요."

"허어! 그래서는 곤란하지요. 우리의 목적은 화문을 멸문시키는 것이 아니라 화문을 차지하는 것 아니겠소?"

"알겠습니다. 적당한 선에서 제지토록 하겠습니다."

"좋소. 탈혼문의 재건이 오늘 시작될 거요. 우리 음양교와 함께 말이오."

"모두 인왕 님의 은혜입니다."

"아니오. 사풍객과 탈혼의 형제들 스스로 만든 기회요. 그러니 이 기회를 놓치지 마시구려."

"알겠습니다. 탈혼의 형제들은 모두 앞으로 나서라!"

사풍객이라 불린 노인이 명하자 그의 주위로 삼십여 명 정도의 사내들이 모여들었다.

하나같이 차가운 살기와 냉혹한 눈빛을 지닌 자들이다. 이들이야말로 과거 칠마, 십육마문의 난 때 강호를 공포에 빠뜨렸던 십육마문의 일문 탈혼문의 잔당들이었다.

당시 탈혼문은 그 잔혹성으로 인해 다른 어떤 마문들보다 가혹한 무림맹의 공격을 당했고, 명맥을 이을 수 없을 만큼 궤멸에 가까운 타격을 입었다.

그래서 당시 살아난 수뇌라야 지금 이 자리에서 탈혼문의 살수들을 이끌고 있는 사풍객이 유일했다.

사풍객은 음양교 인왕 홍광의 도움으로 겨우 흩어진 탈혼문의 잔당들을 규합해 이렇게 탈혼문의 재건을 노리고 있었다.

"모두 들어라. 오늘을 시작으로 탈혼문이 재건된다. 그러니 철저하게 북화문의 계집들을 제압하라."

"예, 문주!"

"반항을 하지 않는 계집들은 살려줘라. 그리고 내 명이 있으면 즉시 검을 거두고 뒤로 물러난다."

"알겠습니다, 문주!"

탈혼문의 살객들이 일제히 대답했다.

"좋아. 가자!"

사풍객이 자신이 먼저 앞으로 나아가며 명을 내리자 탈혼문의 살객들이 그 뒤를 따르기 시작했다.

"후후후, 정말 좋은 사냥개를 얻었어."

북화문의 장원을 향해 전진하는 사풍객과 탈혼문의 살수들을 지켜보며 인왕 홍광이 흡족한 듯한 웃음을 흘렸다.

쾅!

기왕에 열려 있던 장원의 정문이 단번에 박살 났다. 그리고 부서진 문과 그 위쪽 담을 날아 넘으며 탈혼문의 살수들이 북화문 장원 안으로 밀려들어 왔다.

"북화문의 계집들은 모두 무릎을 꿇어라!"

장원으로 난입한 탈혼문의 살수들이 살기 어린 목소리로 소리쳤다.

그러나 북화문의 문도들 중 앞으로 나서서 그들을 막아서는 사람은 단 한 명도 없었다. 그저 장원의 안쪽 깊숙한 곳에 세워진 나지막한 누각에서 탈혼문의 난입을 바라보고 있는 문주 담교언 일행이 보일 뿐이었다.

"좋아. 길을 열어놓겠다면 그도 좋지. 단번에 질주해 북화문주를 제압한다."

선두에 서 있던 사풍객이 살광을 번뜩이며 명을 내렸다.

"예, 문주!"

대답을 한 탈혼문의 살수들이 일제히 장원 중앙의 공터를 가로질러 누각 위 담교언을 향해 질주했다.

"어리석은 자들, 무모한 불나방들 같구나. 우리도 시작해요."

누각 위에서 적의 질주를 바라보고 있던 담교언이 명을 내렸다. 그러자 삼화 명옥연이 손을 들어 올려 수신호를 보냈다.

"시작하라!"

어디선가 사화 천소담의 싸늘한 목소리로 들렸다.

순간 갑자기 장원을 밝히고 있던 등이 모두 꺼졌다. 순식간에 사방이 어둠에 휩싸였다.

보름이었지만, 대낮처럼 장원을 밝히고 있던 등불들이 한순간에 꺼지자 사람들의 시야가 일순간 제대로 사물을 볼 수 없는 상황이 된 것이다.

그리고 연이어 그 어둠을 뚫고 찢어지는 듯한 파공음이 일어났다.

쐐애액!

"악!"

"크악!"

날카로운 비명 소리가 곳곳에서 터져 나왔다.

쿵쿵!

동시에 사람들이 무엇엔가 부딪히는 소리가 나고, 또다시 파공음이 일어났다.

쐐애액!

"악!"

"위다!"

비명과 경고음이 연이어 터져 나왔다. 순식간에 북화문의 장원이 난장판으로 변했다.

그러는 사이 사람들의 눈이 서서히 달빛에 익숙해지기 시작하고 장내의 상황이 눈에 보이기 시작했다.

탈혼문의 살수들은 누각 바로 앞에서 살기 위해 버둥거리고 있었다. 담교언이 올라 있는 누각으로부터 십여 장 앞쪽에, 장원에 어울리지 않게 높은 나무 방책이 공터를 반으로 가르며 서 있었다.

탈혼문의 살수들은 그 방책 앞에서 죽거나 혹은 다치고, 또는 사방에서 날아드는 화살과 암기를 막아내며 살기 위해 버둥거리고 있었다.

그리고 그 와중에 두 개의 검은 그림자가 혼란에 빠진 탈혼문 문도들을 베어 넘기며 혼란을 가중시키고 있었다.

삭삭!

두 개의 그림자가 만들어내는 소름 끼치는 검음이 일어나면 탈혼문 살수들은 어김없이 땅에 나뒹굴었다.

적월과 나왕은 그 검은 그림자들이 앞서 담교언이 소개했던 화명과 수월이라는 두 명의 여검객이라는 것을 알고 있었다. 그녀들은 한때 강호를 공포에 빠뜨렸던 탈혼문의 살수들을 오히려 사냥하고 있었던 것이다.

단단한 함정과 두 여검객의 활약으로 탈혼문의 살수들은 담교언을 제압하기는커녕 이미 상당수가 땅에 너부러져 있었다.

"이… 계집들이!"

탈혼문을 이끌고 있는 사풍객이 분노에 이를 갈았다. 그러나 이미 전의를 상실한 수하들을 데리고 그가 할 수 있는 일은 더 없었다.

"물러나라!"

사풍객의 입에서 억눌린 신음 같은 명령이 떨어졌다. 그러자 방책 앞에서 죽음과 마주하고 있던 탈혼문의 살수들이 살길이 열렸다는 듯 바람처럼 뒤로 물러나기 시작했다.

그렇게 탈혼문의 살수들이 물러간 자리에는 암기와 화살에 당한 탈혼문의 살수들만 남아 있었다.

개중 대부분은 죽은 시신들이었고, 몇몇은 부상을 당한 몸으로 버둥거리면서 동료들이 물러난 장원의 정문 쪽으로 기어가고 있었다.

북화문의 문도들은 부상을 입고 기어가는 자들을 더 이상 공격하지 않았다.

그렇게 봄날 소나기 같던 탈혼문 살수들의 공격은 싱겁게 끝이 났다.

그러나 북화문의 문도들도, 혹은 장원 밖에서 탈혼문의 패퇴를 지켜보고 있던 음양교의 무리들도 알고 있었다. 이건 겨우 싸움의 시작에 지나지 않는다는 것을, 그리고 비록 탈혼문의 손실이 크다 해도 음양교 입장에선 얻은 것도 적지 않다는 사실을.

"괜찮군."

탈혼문의 패퇴를 지켜보던 인왕 홍광이 말했다.

"생각보다 단단하군요."

그의 제자 악소가 대답했다.

"아니, 화문 계집들의 함정을 말하는 게 아니다. 탈혼문의 성과를 말하는 것이다."

"살수들 반절은 잃은 것 같은데요?"

악소는 생각보다 피해가 크다는 듯 말했다.

"하찮은 살수들이야 몇이 죽든 무슨 상관이란 말이냐. 중요한 것은 화문 계집들이 준비한 기관과 함정이 드러났다는 것이지."

홍광에게는 탈혼문 살수들의 죽음은 아무런 의미가 없는 모양이었다. 그는 감춰진 북화문의 살진이 드러난 것으로 만족하고 있었다.

그사이 탈혼문을 이끄는 사풍객이 홍광 앞으로 다가왔다.

"인왕, 면목 없습니다. 생각보다 계집들의 방어막이 단단합니다."

고개를 숙이는 사풍객을 본 홍광이 지금까지완 다르게 침통한 표정을 지으며 고개를 저었다.

"그런 것 같소. 탈혼문 형제들의 피해가 커서 안타깝소이다. 이젠 뒤로 물러나 계시오. 내가 나서겠소."

"아닙니다. 곁에서 함께 싸우겠습니다."

"음, 좋소. 그럼 함께 싸웁시다. 계집들에게 탈혼문 형제들의 피값을 받아내야 할 테니."

"감사합니다. 모두 전열을 정비하라."

사풍객이 살아남은 탈혼문 살수들 쪽으로 이동하면서 큰 소리로 외쳤다. 그 모습을 보고 있던 인왕 홍광이 주변의 음양교 고수들을 향해 명을 내렸다.

"이제 우리 차례다. 따르라."

"예, 인왕 님!"

음양교 고수들이 일제히 대답을 하고는 홍광을 에워싸고 무너진 북화문 장원의 정문을 넘어서기 시작했다.

*　　　　*　　　　*

"그대가 북화문의 문주 담교언인가?"

탈혼문 고수들의 시신이 즐비한 장원에 들어서자마자, 인왕 홍광이 누각 위의 담교언을 보며 물었다.

그러자 담교언이 대답했다.

"맞아요. 내가 담교언이에요."

"꼭 이렇게 사납게 손님을 맞아야 하겠나?"

"손님이라면 이렇게 사납게 찾아오지는 않았겠지요."

담교언이 싸늘하게 응대했다.

"흐흠… 이런 식으로 날 맞았다는 것은 내 제안을 확실히 거부한다는 뜻이겠지?"

"설마 그 제안을 수락하리라고는 생각지 않았을 텐데요?"

담교언이 되물었다.

"역시 독한 여자군. 내 수중에 그대를 따르던 세 명의 루주가 잡혀 있는 것을 알면서도 이런 방식으로 내게 맞서다니, 그 여인들이 어떻게 되든 상관없다는 건가?"

홍광이 제자 악소가 잡아들인 북화문 소속의 루주들을 들먹이며 협박했다.

그러자 담교언이 싸늘한 한기를 드러내며 말했다.

"그 사람들이 이미 죽었다는 걸 알고 있어요. 그런데 죽은 사람들을 데리고 협박을 하다니 생각보다 치졸한 위인이군요."

"그들이 정말 죽었다고 생각하나?"

홍광이 눈을 가늘게 뜨며 물었다.

그러자 담교언이 되물었다.

"그럼 살아 있나요?"

"…그건 그대의 상상에 맡기지."

담교언의 물음에 홍광이 대답을 회피했다.

아무리 얼굴이 두꺼운 자라도 자신의 손으로 정혈을 취하고 죽인 여인을 살아 있다고 말하기는 어려웠던 모양이다.

"역시 죽었군요."

"음, 왜 죽었다고 확신하지?"

홍광이 묻자 담교언이 싸늘한 표정을 지으며 말했다.

"설마 음양교의 삼 대 법왕 중 한 명인 인왕 홍광이 그 사람들을 지금껏 살려두었을 리 있겠어요? 더군다나 흡정의 신공을 연성 중인 사람이!"

담교언의 대답에 홍광의 얼굴이 돌처럼 딱딱하게 굳었다.

그와 그의 수하들은 북화문을 도모하는 지금까지 자신들이 음양교의 사람임을 어디서도 드러낸 적이 없었다. 드러났다면 탈혼문의 흔적 정도.

그런데 하찮게 보았던 이 계집들의 문파가 가장 비밀스러운 자신들의 정체를 정확하게 알고 있는 것이 아닌가.

이건 그 자체로도 중요한 일이지만 그보다 더 중요한 문제가 있다는 것을 의미했다. 그건 지금 홍광 자신이 통제하지 못하는 무슨 일인가가 북화문 주위에서 일어나고 있다는 것을 뜻하기 때문이었다.

"좋아. 정말 놀랍군. 내 정체를 알다니. 음… 내 실수를 인정한다. 내가 북화문을 너무 쉽게 보았어. 그런데… 그 사실을 어찌 알았는가?"

"그걸 말해줄 이유는 없을 것 같군요."

담교언이 싸늘하게 대답했다.

그러자 홍광이 잠시 생각에 잠겼다가 다시 입을 열었다.

"그럼 다른 것을 묻지. 이 사실을 무림맹에 전했는가? 아니, 전했나 보군. 그래서 불사 나왕이 와 있는 것이겠지."

홍광의 시선이 담교언 옆에 팔짱을 끼고 서서 자신과 담교언의 언쟁을 흥미로운 듯 지켜보고 있는 사내에게로 향했다.

불사 나왕이었다.

"좋을 대로 생각하세요."

담교언은 최대한 북화문 쪽의 사정을 숨기는 것이 이 싸움에서 유리하다는 것을 알고 있었다. 비록 무림맹을 끌어들이지는 않았지만 상대가 그렇게 생각한다면 굳이 그 사실을 부인할 필요가 없었다.

그리고 그녀의 생각대로 홍광의 표정이 수시로 변했다. 그는 분명 이 일에 무림맹이 관여했다고 생각하는 모양이었다.

그러다가 문득 고개를 갸웃했다.

"아니군. 아직 무림맹에 알린 것은 아니군. 아니, 어쩌면 알리긴 했지만 무림맹이 미처 움직이지 못했을 수도 있겠지. 시간이 부족해서 말이야. 그러니 다른 자들은 보이지 않고 오직 불사 나왕 그대 혼자 와 있는 것이겠지."

그러자 불사 나왕이 침묵을 깨고 입을 열었다.

"나 하나면 족하다. 겨우 세상에서 숨어 사는 음마(淫魔) 한 명 상대하는 것은!"

도도한 불사 나왕의 대답에 홍광의 표정이 조금 흔들렸다. 분노라기보다는 경계의 빛을 보이는 홍광이다. 그만큼 불사 나왕의 존재는 홍광조차도 상대하기 어려운 면이 있었다.

홍광이 잠시 침묵을 지키며 주위를 살폈다. 그러다가 얼마 후 길게 한숨을 쉬며 말했다.

"좋아. 어쨌든 이곳에 온 무림맹의 고수는 오직 불사 나왕 그대 한 명뿐이라는 사실이 중요해. 이유야 어찌 되었든 결국 그대만 꺾으면 여전히 이 계집들의 문파는 내 것이란 뜻이지."

"그럴 리도 없겠지만, 그렇다 한들 내일이면 천하의 고수들이 이곳으로 몰려올 것이다."

나왕이 말했다.

"상관없다. 북화문을 온전히 손에 넣을 수 있다면 좋겠지만 그럴 수 없다면 몇몇 계집을 데려가는 것으로 만족할 수 있으니까."

홍광이 소름 끼치는 미소를 지으며 말했다.

"흡정의 무공은 정사양도가 금기시하는 것이다. 그런데 감히 그 흡정의 무공을 수련하고도 강호에서 살아갈 수 있을 거라 생각하는가?"

나왕이 추상같이 물었다.

그러자 홍광이 고개를 저으며 말했다.

"어리석은 소리, 강호의 역사는 오직 강자의 역사일 뿐이다. 흡정이든 뭐든 일단 절대강자가 되면, 이후 그 모든 것은 아름다운 과거가 되는 것이지. 그런 면에서 오늘 이곳에서 나 홍광의 아름다운 역사가 시작될 것이다. 모두 들어라. 화문이 함정은 모두 드러났다. 이젠 우리가 사냥할 차례다. 다른 계집들은 모두 죽여도 좋다. 칠화만 제압한다."

"예, 인왕!"

음양교의 무리들이 일제히 대답했다.

인왕의 명이 떨어지자 장내가 금세 서릿발 같은 긴장 속으로 빠져들었다.

북화문의 문도들은 장원 곳곳에 몸을 감추고 적의 공격을 기다리고 있었고, 음양교의 무리들은 한층 살기를 끌어 올리면서 도검을 꺼내 들기 시작했다.

"법사들이 앞으로 나선다. 계집들의 눈을 가려라!"

홍광의 명했다.

그러자 음양교의 무리 중 얼굴의 대부분을 가리는 두건을 쓰고 있는 자들이 앞으로 걸어 나왔다. 특이하게도 그들은 좌우가 청홍으로 대비되는 옷을 입고 있었는데, 얼핏 보면 강호의 무인이 아니라 저자에서 점이나 굿을 하는 무당처럼 보였다.

하지만 그들이 나서는 순간 불사 나왕의 표정이 딱딱하게 굳어졌다.

"음양교의 법사들이오. 저들의 환술을 조심해야 하오."

불사 나왕이 담교언에게 경고했다.

"알고 있어요. 그들을 위해 화공을 준비해 놨어요. 저들이 방책 앞까지 다가서면 화공을 쓰겠어요. 그럼 환술도 깨지겠죠."

"화공까지 준비했단 말이오? 장원이 위험할 텐데……."

불사 나왕이 놀란 표정으로 되물었다.

"우리는 할 수 있는 모든 것을 해야 할 입장이니까요. 장원은 나중에 다시 지으면 되지요. 하물며 상대는 음양교입니다."

담교언이 냉정하게 말했다.

"그렇긴 하오만……."

두 사람이 짧은 대화를 나누는 사이 음양교의 법사들이 탈혼문 살수들이 죽어 있는 장원의 중심까지 들어왔다.

준비한 화살과 암기가 모두 떨어졌는지 음양교 법사들이 전진함에도 불구하고 화문의 반격은 없었다.

싸움의 전면에 나선 음양교 법사들의 입에서 기이한 주문들이 흘러나오기 시작했다. 그들의 주문은 도저히 그 의미를 알아들을 수 없는 잠언들로 가득 차 있었다.

그리고 그 주문의 힘이 모든 사람의 눈앞에 나타났다.

후우웅!

가장 먼저 일어난 변화는 바람이었다. 지금까지 북화문의 장원에는 바람이 없었다. 그런데 음양교 법사들이 주문을 외우기 시작하자 차가운 바람이 담장을 넘어 북화문 안으로 불어오기 시작했다.

음양교 법사들의 주문이 점점 고조되자 불어오는 바람이 색을 갖기 시작했다.

처음에는 안개처럼 옅은 회색이었던 바람이 순식간에 먹구름처럼 검은색으로 변했다.

그리고 끝내 소리를 지르듯 목청껏 주문을 외치기 시작하자 그 구름이 점점 부풀어 오르더니 한순간에 북화문 장원을 뒤덮었다.

더 이상 보름의 달빛은 힘을 발휘하지 못했다. 음양교 법사들이 만들어내는 거대한 검은 구름이 모든 빛을 집어삼키고 세상을 칠흑 같은 어둠으로 만들었다.

그리고 그 어둠 속에서 다시 인왕 홍광의 목소리가 들렸다.

"교의 신성한 힘이 우리를 보호한다. 법사들이 만든 신무(神霧)를 따라 전진하라. 신무의 보호를 받는 자, 천하무적이다."

홍광의 명이 떨어지자 음양교의 마인들이 거침없이 법사들이 만든 어둠 속으로 들어갔다. 아마도 오랫동안 법사들의 환술을 이용해 적을 공격하는 방법을 수련해 온 듯 보였다.

쿠쿠쿵!

강력한 충돌음이 일어났다. 그러자 장원의 공터를 반으로 나누고 있던 나무 방책들이 갈대처럼 흔들리기 시작했다.

음양교 법사들이 일으킨 검은 구름이 단순히 사람의 시야를 막는 연무의 역할만 하는 것이 아니라 그 내부에 힘을 응축하고 있어서 단단한 방책을 흔들었던 것이다.

쿵쿵쿵!

계속해서 방책은 뒤흔들렸고, 조만간 방책의 뿌리가 뽑혀 나갈 것처럼 위태로운 상황이 지속됐다.

그러자 불사 나왕이 담교언에게 말했다.

"기왕 화공을 쓰려면 지금 써야 하오. 예전에 듣기에 음양교의 환술은 불에 약하다고 하더이다. 방책이 무너지면 난전, 난전이 벌어지면 싸움이 승패를 예측할 수 없소."

나왕의 말에 담교언이 고개를 끄떡였다.

"저도 같은 생각이에요. 사화에게 화공을 쓰라고 전하세요."

담교언이 곁에 서 있던 육화 목단에게 말했다. 그러자 육화 목단이 고개를 숙여 보이고는 어둠 속으로 사라졌다.

쿠쿠쿵!

드디어 방책의 일부가 무너졌다. 그러자 그 사이를 검은 구름이 무너진 둑을 뚫고 나오는 물처럼 밀려들어 오기 시작했다.

육화 목단이 화공을 쓰란 명을 전하기 위해 사화 천소담에게 간 지 일각이 지났지만 화공은 아직 시작되지 않고 있었다.

"무슨 일이죠?"

삼화 명옥연이 걱정스러운 표정으로 입을 열었다.

그러나 누구도 그녀의 질문에 답을 할 사람은 없었다.

하지만 한 가지 확실한 것은 있었다. 사화 천소담이 맡고 있는 기관에 문제가 생겼다는 것이었다. 담교언의 명이 떨어진 이상 화공은 벌써 시작되었어야 하기 때문이었다.

쿠쿠쿵!

그사이 또다시 방책의 일부가 무너졌다. 그러자 더 많은 검은 구름이 밀려들기 시작했다.

그렇게 밀려든 검은 구름은 곧 나왕 등이 있는 누각을 침범할 기세로 커졌다. 그리고 그 구름 속에 음양교의 마두들이 숨어 있었다.

"일단 적의 공격에 대비합시다."

불사 나왕이 침착하게 말했다.

그러자 담교언이 고개를 끄떡였다.

"어쩔 수 없군요. 모두 적을 맞을 준비를 하세요."

담교언의 명이 떨어지자 누각 주변에 수십 명의 화문 문도들이 모습을 드러내 누각을 에워싸기 시작했다.

*　　　*　　　*

"네… 네가? 어찌!"

북화문의 육화 목단이 가슴을 부여잡고 믿을 수 없다는 표정으로 이십 대 중반의 여인을 바라보고 있었다.

가슴을 부여잡은 그녀의 손에는 흥건히 피가 흐르고 있었고, 이미 호흡이 가빠져 목숨이 위태로운 것이 한눈에 드러났다.

그러나 그녀는 자신의 목숨보다 자신을 공격한 사람에 대한 의문이 더욱 강한 듯 보였다.

"미안하군요. 육화께서는 평소에 사부님보다도 날 더 아끼셨는데… 엄한 사부님의 꾸지람이 있을 때면 언제나 육화께서 절 위로해 주셨지요."

알 수 없는 여인이었다. 육화 목단을 찌르고도 태연하게 목단에 대한 정을 입에 올리고 있었다.

"…서하, 네가 왜 배신을……."

목단이 여전히 믿을 수 없다는 듯 물었다.

그러자 서하라 불린 여인, 이화 사령이 십여 년 전 받아들인 제자 서하가 고개를 저으며 대답했다.

"배신이 아니에요. 전 본래부터 북화문의 사람이 아니었답니다. 제 뿌리는 음양교에 있어요."

"아……."

목단의 입에서 탄식이 흘러나왔다.

"제 개인적으로는 북화문에 아무런 원한이나 불만이 없어요. 하지만 사람이 뿌리를 잊는 일은 없는 법, 음양교의 인왕께서 오신 이상 저로서도 어쩔 수 없었어요."

서하가 변명하듯 말했다.

"네 정체가 대체 뭐냐?"

목단이 숨을 크게 몰아쉬며 물었다.

"내 본래 이름은 요수예요. 어린 시절 인왕께서 거둬주셔서 그분의 제자가 되었지요."

"인왕 홍광의 제자라고?"

짐작보다 더 특별한 서하의 정체에 목단이 놀란 듯 다시 물었다.

"그래요. 사실 제 나이가 알고 계시는 것보다 많아요. 거의 사십이 다 된 걸요."

서하의 말에 목단이 다시 놀랐다. 북화문 내에서 서하는 이십대 후반의 나이로 알려져 있었다.

그녀가 북화문 이화 사령의 제자가 되었을 때의 나이가 십 대 중반으로 알려져 있었으니 누구도 그녀의 나이를 의심하지 않았었다.

"제가 어려 보이는 것은 모두 인왕 사부님 덕이에요. 아시다시피 음양교의 무공은, 그중에서도 특히 인왕 사부님의 무공은 젊음을 유지하는 데 탁월한 효과가 있으니까요."

서하가 자신의 얼굴을 만지며 말했다.

"정말… 정말 네가 배신자였구나."

목단이 탄식했다.

"배신이라기보다는 본래의 뿌리로 돌아갔다고 해야겠죠. 돌아가신 줄 알았던 그분이 살아계시고 또 절 찾아오셨을 때, 전 그분의 뜻을 거역할 수 없었어요. 그리고… 솔직히 이 따분한 북화문 생활을 언제 끝낼까 고민하던 중이기도 했고요. 솔직히 말해… 이화 사부께서 가르쳐 주시는 무공들은 지루하기 짝이 없었거든요. 이미 제 무공은 그분을 넘어선 지 오래라… 적어도 인왕 님 정도는 되어야 제게 무공을 가르칠 자격이 되시죠."

"너……."

목단이 조롱하는 듯한 서하의 말에 분노를 참지 못하고 화를 냈다.

"아아, 그래도 전 항상 북화문의 은혜에 감사하고 있어요. 북화문이 아니었다면 전 분명 무림맹의 추격대에 목숨을 잃고 말았을 거예요."

서하, 아니, 정확히는 음양교 인왕의 제자 요수가 빙그레 미소를 지으며 말했다. 물론 목단에게는 그 미소가 사악하게 느껴졌지만.

"죽여라."

목단이 눈을 감으며 말했다.

"저도 그러고 싶어요. 솔직히 육화께서 그 참혹한 경험을 하시는 걸 원치 않으니까요. 하지만… 미안하게도 인왕께서는 살아 있는 북화문 칠화를 원하십니다."

"음… 흡정 때문이구나."

"맞아요."

요수가 부인하지 않고 대답했다.

"그것이 얼마나 사악한 일인지 모른단 말이냐?"

"어차피 우리 십육마문의 문도들은 난이 끝난 후 강호에서 반드시 죽어야 할 사악한 인간들이 되었죠. 이 마당에 뭔들 못 하겠어요. 아무튼 지금은 시간이 없으니 그만 잠을 좀 주무셔야겠어요. 화공이 시작되지 않으면 문주가 다른 사람을 보낼 수도 있을 테니까요."

"네가 정녕……."

"잠시만, 아주 잠시만 잠들어 계세요. 곧 다른 분들과 함께 있게 해드릴게요."

희미한 미소를 지은 채 태연하게 자신의 배신을 이야기하는 요수의 모습에 목단은 새삼스레 소름이 돋았다.

"넌… 정말 무서운 아이구나."

"물론 그렇게들 말하지요. 음양교의 형제들조차……."

한순간 싸늘한 표정을 지으며 요수가 손을 들었다. 그리고 목단의 수혈(睡穴)을 제압하기 위해 목덜미 뒤쪽으로 손을 가져

갔다.

그런데 그 순간 갑자기 요수의 뒤에서 유령처럼 한 여인이 나타났다.

"요악한 것!"

"누구냐? 캬!"

한순간 요수가 입에서 피를 뿌리며 뒤로 날아갔다.

"괜찮아요?"

"누구… 아! 당신은!"

위기의 순간 자신을 구해준 여인을 바라보며 묻다가 목단이 나직하게 탄성을 흘렸다.

어둠 속에서 나타나 목단을 구한 여인은 유왕 서리였다. 서리가 재빨리 목단의 가슴 근처 상처를 지혈했다. 그리고 가볍게 진기를 불어넣어 목단의 생기를 돌게 만들었다.

"후우!"

서리의 도움으로 정신을 차린 목단이 길게 숨을 내쉬었다. 그때 조금 떨어진 곳에서 자왕 사송의 목소리가 들렸다.

"이 사악한 계집은 어찌할까?"

어느새 나타난 사송이 음양교의 간자 요수의 목에 쇠갈고리 모양의 기병을 들이대고 물었다.

"뭘 어째요. 그런 계집들은 살려두면 반드시 화근이 되는 법이에요."

서리가 싸늘하게 대답했다.

"그렇지? 역시 죽이는 게 좋겠지?"

사송이 고개를 끄떡이고는 요수의 목에 대고 있던 세 갈래의

쇠고리를 목으로 밀어 넣으려 했다. 그런데 그 순간 북화문 육화 목단이 사송의 손길을 막았다.

"잠시만요."

"왜 그러시오? 설마 이 계집을 살려주자는 말이오?"

사송이 못마땅한 표정으로 되물었다.

"물론 죄를 받아야지요. 하지만 전 그 아이의 죄를 단죄할 사람이 이화 언니였으면 좋겠어요."

"음… 그것도 일리는 있군."

사송이 고개를 끄떡였다.

요수는 지금까지 이화 사령을 속이고 그 제자로 살아왔다. 그러니 당연히 그녀를 벌하는 것 역시 이화 사령의 몫이라고 할 수 있었다. 그러나 유왕 서리는 두 사람과 생각이 다른 모양이었다.

"오히려 잔인한 일 아닐까요?"

서리가 물었다.

지금까지 제자로 키워온 요수를 자신의 손으로 벌하는 것은 고통스러운 일이기 때문이었다.

"그렇긴 하지만 그래도 매듭을 묶은 사람이 매듭을 끊어야 하는 법이지요. 여기서 그 아이를 죽여 버리면 사령 언니는 두고두고 진실에 대해 의구심을 품을 수 있어요."

"그렇군요. 손을 누가 쓰든 진실을 눈으로 확인할 필요는 있겠지요."

그제야 서리도 동의했다.

그러자 사송이 재빨리 요수의 마혈을 제압했다. 그러면서 요수의 눈을 빤히 바라보며 말했다.

"요악스러운 계집, 잠시 널 살려두는 것이 네겐 더 큰 고통이 될 거다."

사송의 말을 들으며 요수의 눈동자가 흐려지고 이내 깊은 잠에 빠졌다.

그러자 사송이 요수를 들어 어깨에 메고는 물었다.

"갑시다."

그러자 기운을 차린 목단이 일어나며 말했다.

"먼저 사화 언니에게 가야 해요. 화공(火攻)이 너무 늦었어요."

"그런 것 같군요. 벌써 접전이 벌어지는 것 같아요."

유왕 서리가 걱정스러운 표정으로 누각 쪽을 바라보며 말했다.

"늦었지만 지금이라도 효과는 있을 거야. 후미에 있는 자들의 전진을 막을 수 있을 테니까."

사송이 말했다.

"좋아요. 일단 사화께 가죠."

유왕 서리가 목단을 부축하며 말했다.

"저 혼자 걸을 수 있습니다."

목단이 미안한 듯 서리의 도움을 거절했다.

그러자 서리가 고개를 저으며 말했다.

"사양 말아요. 잠시 기력이 돌아온 것뿐 육화께서는 아직 함부로 몸을 움직일 수 없는 상태예요. 의지하세요."

서리의 단호한 말에 목단이 어쩔 수 없다는 듯 서리의 손을 잡았다.

"그럼 염치없지만……."

목단이 서리에게 몸을 의지하자 세 사람이 지체하지 않고 장 내를 벗어났다.

그리고 오늘 북화문에 설치된 모든 기관과 함정들을 움직이고 있는 사화 천소담이 있는 곳으로 향했다.

제9장
화염 속에서

  적의 도검보다 적의 기운이 더 공포를 불러일으켰다. 방책이
무너진 이후 검은 구름과 함께 밀려든 음양교의 무리를 북화문
문도들은 누각 아래에서부터 방어했다.

  북화문 칠화 중 기관을 움직이기 위해 이동한 육화와 사화를
제외한 모든 사람이 적을 맞아 싸웠다. 동원된 북화문 문도만도
일백이 넘고, 장원 주변에 몸을 숨기고 적을 향해 암기와 화살
을 날리는 문도 또한 수십 명에 달했다.

  그럼에도 불구하고 전세는 불리했다.

  검은 구름이 단지 허상이 아니라 실체로서의 힘을 가진 것으
로 드러나자 싸움은 더더욱 어려워졌다.

  적을 향해 날리는 화살과 암기는 검은 구름에 닿는 즉시 튕겨
져 나왔다. 애써 흑운을 뚫고 들어간 화살도 적에게 심각한 타

격을 주지 못했다.

반면 그 흑운 속에 숨어 있다가 불쑥불쑥 모습을 드러내 살검을 휘두르는 음양교 고수들의 공격은 치명적이었다.

적의 공격이 있을 때마다 북화문의 문도들이 피를 뿌리며 쓰러졌다.

그리고 언제부턴가 흑운의 움직임이 변하기 시작했다. 한데 모여 있던 흑운들 중에서 일부가 작은 덩어리로 변해 독자적으로 움직이기 시작한 것이다.

그 작은 흑운 덩어리들의 목표는 칠화에 속한 여인들이었다. 그러자 순식간에 칠화의 발이 묶이면서도 장내의 상황이 더욱 어렵게 변했다.

그중에서 가장 먼저 위험에 빠진 사람은 어쩌면 당연하게도 춘몽원주 연빈이었다. 그녀는 북화문 칠화의 한자리를 차지하고 있지만, 무공에 있어서는 다른 칠화에 비할 바가 아니었다.

그녀가 칠화가 된 것은 타고난 상재를 평가받아서이지 무공의 뛰어남 때문이 아니었기 때문이다. 그런 그녀가 음양교의 사악한 고수들을 상대하는 것은 처음부터 무리였다.

"헉!"

한 무더기의 흑운이 덮쳐오자 연빈이 자신도 모르게 당황한 목소리를 흘려내며 누각 옆으로 뛰어내렸다.

그러자 흑운 덩어리도 그녀를 따라 스멀거리며 누각 아래로 내려갔다.

"죽엇!"

누각 아래 내려와 있던 연빈이 이를 악물며 검을 휘둘렀다.

파앗!

그녀의 검날이 지나는 곳을 따라 흑운이 갈라졌다. 순간 흑운 안에서 번쩍이는 도검 세 자루가 나타났다.

창!

흑운 속에서 나타난 도검이 그대로 연빈의 검을 밀어냈다.

"웃!"

강력한 힘에 밀린 연빈이 비틀거리며 뒤로 물러났다.

그러자 다시 본래의 모습을 회복한 흑운이 감싸듯 연빈을 휘감아 갔다. 이대로라면 속절없이 흑운에 갇혀 사로잡힐 판이었다.

"하앗!"

연빈이 연신 기합성을 터뜨리면서 정신없이 검을 휘둘렀다. 그럴 때마다 흑운이 조금씩 흐트러지기는 했지만 시간이 지날수록 점점 더 강력하게 연빈을 옥죄고 있었다.

그리고 급기야 흑운이 마치 굵은 밧줄이라도 되는 듯 연빈의 손발의 움직임을 억제하기 시작했다. 그러자 이제 그녀는 더 이상 검조차 휘두를 수 없는 상황이 되어버렸다.

"후후후, 우리가 처음이군."

연빈을 옭아맨 흑운 속에서 득의한 웃음소리가 들렸다.

"그러게 말일세. 그런데 이 계집이 정말 칠화가 맞나? 너무 약한데?"

"맞을걸세. 이 계집은 무공이 아니라 상재로 칠화가 되었다지 않던가."

"흠, 그렇다면 인왕께서 조금 실망하실 수도 있겠군."

"그렇겠지. 흡정에 큰 도움이 되지 않을 계집이니까. 하지만 뭐 일단 칠화는 칠화니 잡아가세."

흑운 덩어리 안에서 들려오는 여유 있는 목소리에서는 그들이 연빈을 완벽하게 제압했다는 자신감이 묻어났다.

연빈은 그들의 대화를 들으며 발버둥 쳤지만 강력한 흑운의 압박 속에서 몸을 빼낼 방도가 없었다.

"계집, 괜한 힘을 쓰지 마라. 이 결계는 인간의 힘으로는 절대 벗어날 수 없으니까. 얌전하게 있다가 인왕 님의 사랑이나 듬뿍 받기를 기대해라. 내공이 깊지 않으니 어쩌면 인왕께서 널 다른 용도로 쓸 수도 있을 테니까."

흑운 속의 음양교 마인이 조롱하듯 말했다.

상대의 조롱을 들으며 연빈은 점점 절망 속으로 빠져들었다. 그녀로선 도저히 어찌해 볼 도리가 없는 상황이었다.

그런데 그때였다. 갑자기 누각 아래 어둠 속에서 한 줄기 빛이 날카롭게 흘러나왔다.

서걱!

한 줄기 빛이 그대로 연빈을 옥죄고 있는 흑운의 아래를 갈랐다.

"윽!"

날카로운 파열음과 함께 흑운 속에서 신음 소리가 흘러나왔다. 순간 연빈을 옭죄던 흑운이 흩어지며 연빈의 몸이 자유로워졌다.

뒤를 이어 흔들리는 흑운 위로 한 자루 월도(月刀)가 번쩍였다. 그러자 흑운이 절반으로 갈리며 그 안에서 혈무가 일어났다.

"악!"

흑운이 흩어지면서 비명이 터져 나오고 청홍의 옷을 입은 음양교의 법사 한 명이 땅 위에 쓰러졌다.

법사가 쓰러져 더 이상 환술의 힘을 빌지 못하자 흑운에 휩싸여 있던 음양교의 무인 셋이 당황한 듯 서로 등을 마주 대고 주위를 둘러봤다.

그런 그들 앞에 두 명의 여인이 모습을 드러냈다.

어둠 속에서 음양교 무리들을 주살하고 있던 화명과 수월 두 사람이었다.

"웬 계집들이냐?"

완벽하게 제압했다고 생각했던 칠화 연빈을 놓치고, 오히려 자신들을 보호하던 법사를 잃은 음양교 무사가 살기를 드러내며 물었다.

"전장에서 말이 무슨 소용인가? 도검이 모든 것을 결정하는 것을……."

수월이 월도를 들며 싸늘하게 말했다. 그러자 화명 역시 수월과 어우러지듯 검을 들어 횡으로 눕혔다.

오랜 수련에서 나오는 자연스러운 합격의 움직임들. 둘은 서로 다른 병기인 도검을 쓰고 있었지만, 마치 한 사람처럼 완벽한 모습을 보이고 있었다.

그러고는 상대의 반응을 기다리지 않고 자신들의 말대로 도검으로 승부를 내기 위해 적을 향해 달려들었다.

화명과 수월의 공격을 받은 세 명의 음양교 고수들이 순식간에 흩어지면서 두 사람을 자신들의 중심으로 끌어들였다. 그들 역시 오랫동안 합공을 연성한 듯 움직임이 무척 자연스러웠다.

그렇게 수월과 화명을 자신들 속으로 끌어들인 음양교 무리들이 두 여인을 향해 공격을 가하기 시작했다.

그런데 매섭기 이를 데 없는 음양교 마인들의 공격은 화명과 수월에게 이르러서 거짓말처럼 와해됐다.

화명과 수월은 아래위, 혹은 좌우, 어떤 때는 검으로 태극의 모양을 만들어내며 거의 완벽하게 적의 공격을 막아냈던 것이다.

그래서 시간이 지날수록 오히려 수세에 몰리는 것은 두 사람의 아니라 음양교의 마인들이었다.

팟!

한순간 단단한 방어막을 구축하고 있던 화명의 검이 불쑥 앞으로 튀어나왔다.

"억!"

음양교 마인의 입에서 비명이 터져 나왔다. 화명의 검이 번개처럼 한 음양교 마인의 목을 찔러 버렸던 것이다.

팍!

적의 목을 찌른 검이 빠지자 상대의 목에서 피 분수가 솟구쳤다. 동시에 음양교 마인이 고목처럼 그 자리에 쓰러졌다.

"이 계집들이!"

속절없이 동료 한 사람을 잃은 음양교 마인들이 이를 갈며 화명과 수월을 노려봤지만 그들은 감히 더 이상 두 사람을 공격할 엄두를 내지 못했다. 그들이 상대하기에 화명과 수월 두 여인의 무공은 너무 뛰어났다.

그런데 그렇게 두 여인에게 막혀 진퇴를 망설이던 음양교 마인들에게 새로운 기회가 찾아왔다.

어느새 거의 장내를 장악한 음양교 무리 중 일부가 동료의 위기를 발견하고 그들을 돕기 위해 나선 것이다.

스스스!

두 개의 흑운 덩어리가 화명과 수월 두 여인이 있는 곳으로 향했다. 그러자 위기에 몰렸던 음양교 마인들 얼굴에 생기가 돌았다.

"이 계집들, 제대로 빚을 갚아주마. 네년들을 우리 두 사람의 노예로 삼겠다."

두 마인의 얼굴이 살기와 음욕으로 번들거렸다. 그런데 그런 두 사람의 욕심은 그들을 돕기 위해 온 동료들에 의해 깨져 버렸다.

"자네들은 칠화 계집이나 다시 제압하게."

두 무리의 흑운 중 한 곳에서 서늘한 목소리가 흘러나왔다. 그러자 욕망에 물들어 있던 두 사내가 움찔하며 뒤로 물러났다.

"알겠습니다, 당주님!"

대답을 한 두 사내가 재빨리 누각 아래쪽에 피신해 있는 연빈을 향해 움직였다.

그러자 흑운 속에서 좀 전에 들렸던 목소리가 다시 들렸다.

"너희들은 내가 상대하마. 북화문의 계집치고는 흥미로운 것들이구나. 칠화란 계집의 무공이 보잘것없으니 너희들이 그 계집을 대신해 인왕 님께 기쁨을 드려야 할 것이다."

흑운이 마치 사람처럼 화명과 수월을 앞에 두고 말했다.

그러자 화명과 수월이 대답을 하는 대신 도검을 겨누어 싸울 준비를 했다.

"좋아. 제법 용기도 있고 좋구나. 가능한 사로잡는다!"

흑운 속의 목소리가 두 사람에게 욕심을 내며 명을 내리자 두 무리의 흑운이 좌우에서 화명과 수월을 공격하기 시작했다.

"계집, 이제 널 구해줄 사람은 더 없겠지? 당주께서 오신 이상 넌 피할 방도가 없다."

동료들에게 화명과 수월을 내어주고 누각 아래 연빈에게 다가온 두 마인 중 한 명이 화가 난 듯 말했다. 그는 아마도 화명과 수월 두 여인을 포기해야 하는 자신들의 처지에 화가 난 모양이었다.

"가까이 오지 마라!"

연빈이 검을 들어 두 마인을 겨누며 말했다.

"젠장, 이 망할 계집! 우릴 화나게 하지 말아라. 그래도 칠화의 신분이라서 곱게 대해주는 줄 알아. 더 이상 우릴 화나게 하면 네년 몸에 상처가 나든 말든 상관없이 거칠게 다뤄주겠다. 목숨만 붙여두면 인왕께서도 우릴 크게 벌주진 않으실 것이다."

음양교의 마인이 벌컥 화를 내며 소리쳤다.

"날 죽여도 날 데려가진 못한다."

연빈이 단호하게 말했다.

"그래? 어디 두고 보자. 과연 누구 말이 옳은지. 시작하자고!"

마인이 동료를 보며 말하자 그의 동료가 고개를 끄떡이고는 벼락처럼 연빈을 향해 검을 휘둘렀다.

차앙!

연빈이 급히 검을 들어 자신의 머리 위에 떨어지는 음양교 마인의 검을 막았다.

"음!"

적의 검을 막아낸 연빈의 입에서 나직한 신음 소리가 흘러나왔다. 이미 앞서의 싸움에서 기력을 많이 소진한 연빈이었다. 그런 상태에서 다시 적의 강공을 막아내려니 힘이 달리는 것은 어쩔 수 없었다.

투툭!

한 번의 격돌에서 뒤로 밀린 연빈이 누각의 기둥에 등을 대고서야 겨우 몸을 바로 세웠다.

"겨우 이 따위 실력으로 버티겠다고 떠든 거냐?"

음양교의 마인이 조롱하며 연빈에게 다가들었다. 그러자 연빈이 검을 고쳐 들며 소리쳤다.

"오너라. 한 놈이라도 죽이고 죽겠다."

"후후, 그 또한 네 꿈에 지나지 않을 것이다. 네 운명은 이미 정해졌어. 인왕 님의 노예로 말이다."

두 마인이 차갑게 말을 뱉고는 연빈을 제압하기 위해 망설이지 않고 그녀를 향해 달려들었다.

"아!"

말은 단호하게 했지만 연빈은 자신의 실력으론 도저히 이 위기에서 빠져나갈 수 없다는 것을 알고 있었다. 그렇다고 다른 문도들의 도움을 기대하기도 어려웠다.

장내의 전세는 음양교 쪽으로 크게 기울어져 있었다. 그들이 환술을 써서 만들어내는 흑운의 위력이 생각보다 강력해서 음양교의 마인들은 적은 숫자에도 불구하고 북화문의 문도들을 연신 수세에 몰아넣고 있었던 것이다.

이런 상황에서는 누군가의 도움을 기대할 수 없었다.

당연히 연빈은 죽음을 떠올렸다. 음양교의 마인들에게 사로잡혀 노예로 살아가느니 차라리 죽는 것이 낫다는 생각이었다.

그러나 죽음은 그리 쉽지 않은 선택이었다.

지금껏 그녀가 살아온 삶을 돌이켜 보면 죽음을 선택할 수 있는 순간이 여러 번 있었다. 그러나 그녀는 그 모든 순간을 이겨내고 오늘 여기까지 온 사람이었다.

그래서인지 죽음을 떠올린 그 순간, 반대로 그녀의 마음 깊은 곳에서 생존의 욕구가 일어났다. 그러자 갑자기 한 사람의 얼굴이 떠올랐다.

'불사 대협!'

무모하게도 그녀는 적의 도검이 자신을 찔러오는 상황에서 고개를 위로 젖혀 누각 위를 바라봤다. 그곳에 불사 나왕이 있기 때문이었다.

그녀가 가장 힘겨웠던 시절 겨우 서찰 두 장을 전해주는 대가로 자신에게 자유를 줬던 사람, 그리고 그에게는 아무런 의미가 없는 일일지 모르지만 자신에게는 진심이었던 하룻밤을 보낸 나왕이라면 이 위기에서 다시 한번 자신을 구해줄 수도 있다는 생각이 그녀의 뇌리를 스치고 지나갔다.

그런데 기이한 일이 일어났다.

갑자기 그녀의 눈에 나왕이 아닌 그의 제자라는 청년의 얼굴이 크게 확대되어 나타났다.

"피하세요."

뒤를 이어 들려온 나왕의 제자란 청년의 목소리, 그 목소리를 듣는 순간 연빈이 본능적으로 옆으로 몸을 굴렸다.

적월이 연빈이 서 있던 곳으로 날아 내리면서 기이한 각도로 검을 휘둘렀다.

차앙!

적월이 휘두른 검에 음양교 두 마인의 도검이 부딪히면서 날카로운 마찰음을 일으켰다.

"헛!"

"웃!"

두 마인이 헛바람을 토해냈다.

한순간 그들은 자신들의 도검이 스스로 움직인다는 착각에 빠졌다. 적월의 검과 맞닿는 순간 그들의 도검이 자신들이 의도한 것과 전혀 다른 방향으로 움직였기 때문이다.

그 바람에 두 마인의 중심이 크게 흔들렸다. 그들은 마치 함정에 빠진 사람처럼 땅 위에서 허우적댔다.

그 빈틈을 적월이 놓치지 않았다.

스슥!

적월의 몸이 기이한 각도로 기울어지면서 비틀거리는 두 마인 사이를 지나쳤다. 그리고 그 순간, 그의 검이 두 사람의 사혈을 베고 지나갔다. 불파일맥이 자랑하는 일살검이다.

"악!"

"큭!"

적월의 검에 사혈을 베인 두 마인이 비명을 지르며 땅에 고꾸라졌다. 그러고는 더 이상 숨을 쉬지 않았다. 사실 그들은 땅에 닿기 전에 이미 숨이 끊어졌던 것이다.

"후욱!"

적월이 깊게 숨을 들이쉬었다.

검산파와 만무회를 상대로 검을 쓴 적이 있었지만, 아직도 검으로 적을 베는 것은 그리 익숙지 않은 경험이었다.

"소협!"

적월이 사람을 벤 불쾌한 마음을 추스르는 사이 어느새 다가온 연빈이 적월을 불렀다.

"괜찮으세요?"

적월이 정신을 차리고 연빈을 돌아보며 물었다.

"예, 전 괜찮아요. 고마워요."

연빈이 진심을 담아 적월에게 감사의 말을 했다. 그러자 적월이 빙그레 웃으며 말했다.

"고맙긴요. 사부님의 친구분이시면 제게도 중요한 분이신데요."

'친…….'

연빈이 친구란 말을 속으로 되뇌었다.

묘한 말이다. 어쩌면 연빈의 입장에서는 조금 실망스러운 말일 수도 있었다. 나왕은 몰라도 연빈에게 불사 나왕은 친구 이상의 의미를 지닌 사람이었다.

그러나 지금은 그 서운함을 잡고 있을 때가 아니다. 그녀가 검을 고쳐 잡으며 말했다.

"아무튼 고마워요. 이 은혜는 나중에 꼭 갚죠."

"뭐… 나중에 밥 한 상 차려주시면 고맙고요. 아무튼 지금은 저쪽을 좀 도와야 할 것 같아요."

적월이 조금 떨어진 곳에서 두 무리의 흑운에 휩싸여 악전고투하고 있는 화명과 수월을 가리켰다.

두 사람은 처음과는 많이 다른 싸움을 하고 있었다. 앞서 음양교 마인들을 상대할 때는 여유가 있었지만, 지금은 전혀 여유가 없었다.

아마도 죽은 음양교 마인들이 당주라 부른 자의 무공이 무척 고강한 듯 보였다.

그뿐이 아니었다. 본래 두 사람은 어둠 속에서 적을 기습하는 살수의 무공을 수련한 사람들이었다. 그런데 지금은 환한 달빛 아래서 정면으로 적을 상대하느라 자신들의 장점을 제대로 살려 내지 못하고 있었다.

그럼에도 불구하고 누구나 힘겨워하는 음양교의 법사와 마인들을 두 무리나 상대하며 아직 패배하지 않고 있다는 것은 두 여인의 무공이 그만큼 뿌리가 깊다는 의미기도 했다.

"도와주실 수 있겠어요? 관여하기가 위험해 보이는데……."

연빈이 물었다.

워낙 치열한 싸움을 벌이고 있는 터라 제삼자가 싸움에 관여하는 것 자체가 위험해 보이는 상황이다.

그러자 적월이 연빈에게 미소를 지어 보이며 대답했다.

"그럼요. 제가 바로 불사 나왕의 제자 아닙니까."

그 대답을 하고 적월이 훌쩍 몸을 날렸다. 그러고는 거침없이 두 무리의 음양교 무리로부터 협공을 받고 있는 화명과 수월을 향해 날아갔다.

그 모습을 보며 연빈이 중얼거렸다.

"그래, 불사 대협의 제자이지. 그렇다면 누가 두려울까?"

연빈의 마음속을 차지하고 있는 불사 나왕에 대한 단단한 신뢰가 그 제자인 적월에게도 이어지고 있었다.

탁!

적월이 속도를 줄이지 않고 달리면서 한 발로 가볍게 땅을 찼다. 그러자 그의 몸이 일 장 이상 하늘로 솟구쳤다.

"으챠!"

적월이 다시 한번 힘을 쓰며 허공에서 제비를 돌 듯 회전했다. 그러자 그의 발이 하늘로 향하고 그의 머리가 땅으로 향했다.

그 순간 이미 그의 몸은 화명과 수월 두 여인과 음양교 마인들이 뒤섞인 싸움터 위쪽에 도달해 있었다.

삭!

적월이 허공에 거꾸로 선 채 검을 그었다. 순간 그의 검에 은은한 빛의 검기가 번쩍였다.

적월의 검에서 만들어진 검기가 그대로 한 무더기의 흑운을 베어냈다.

콰릉!

적월의 검기가 베고 지나간 흑운 속에서 벼락이 떨어지는 것 같은 소리가 터져 나왔다. 그러자 칠흑 같던 흑운 무리가 단번에 흩어졌다.

"윽!"

흑운이 흩어지면서 나직한 비명 소리가 흘러나왔다. 그리고 네 명의 음양교 마인들이 모습을 드러냈다. 갑작스러운 적월의 공격에 당황한 모습이 역력한 음양교의 마인들이다.

그런 적들을 향해 수월의 검이 독사처럼 파고들었다.

삭!

날카로운 파열음이 일어나며 음양교 마인의 목에서 피가 터져 나왔다.

"큭!"

큰 비명은 없었다. 나직한 신음 소리와 함께 수월의 검에 목을 베인 음양교의 마인이 쓰러졌다.

"정신 차려라!"

아직 온전한 형태를 유지하고 있는 또 다른 흑운 덩어리 속에서 날카로운 경고성이 들렸다.

그러자 환술이 깨져 세상에 노출된 음양교의 마인들이 정신을 차리고 훌쩍 뒤로 물러났다.

그사이 적월이 땅에 내려선 후 그대로 나머지 흑운 덩어리를 향해 돌진했다.

"놈!"

흑운 덩어리 속에서 당주라 불린 사내의 노성이 터져 나왔다. 동시에 흑운 덩어리가 마치 생명이 있는 괴물처럼 다가오는 적월을 덮쳐갔다.

그 순간 적월의 검이 어지럽게 허공을 갈랐다. 그러자 그를 덮쳐오던 흑운들이 마치 보이지 않은 벽에 부딪힌 것처럼 사방으로 흩어지기 시작했다.

검신 백초산의 금강검은 적의 병기에만 효용이 있는 것이 아니었다. 환술로 만들어진 음양교 법사들의 검은 기운들도 검신의 금강검을 뚫지 못했다.

자신들의 환술이 흩어지기 시작하자 당황한 음양교 마인들의 뒤로 물러나기 시작했다. 그리고 흐려진 흑운 속에서 움직이는 음양교 마인들 네 명의 모습이 보였다.

적월이 한순간 검을 거두고는 두 손으로 허공에 큰 원을 그렸다.

그러자 그의 손에서 수십 개의 수영(手影)이 생겨나더니 마치 암기가 날아가듯 무서운 속도로 날아가 물러나는 음양교 마인들을 가격했다.

파파팡!

수십 개의 수영들이 만들어내는 강력한 충격에 그나마 유지되던 흑운 덩어리가 완전히 사라지고, 그 안의 음양교 마인들이 흑운을 뚫고 들어오는 적월의 수영을 막아내느라 다급하게 도검을 휘둘렀다.

창!

그사이 적월이 다시 검을 빼 들었다. 그러고는 망설이지 않고 적을 향해 돌진했다.

삭!

적월의 검이 날카롭게 공기를 갈랐다.

"억!"

적월의 검에 음양교의 마인 한 명이 비명과 함께 쓰러졌다.

한순간에 음양교 마인들을 지나친 적월이 몸을 틀며 재차 검을 휘둘렀다.

그의 검은 음양교의 마인들 중 가장 강해 보이는 중년인을 향해 있었다. 한 번도 본 적 없고, 오직 목소리만 들었던 자이지만 그 중년인이 이 무리를 이끌고 있는 당주란 자인 것은 단번에 알아볼 수 있었다.

"놈!"

당주라 불린 중년 사내도 적월의 검이 자신을 향하고 있다는 걸 알고 있었다. 그는 다른 음양교의 마인들과 달리 침착하게 적월의 공격을 막아내기 위해 검을 뿌렸다.

촤아악!

두 개의 검이 서로를 향해 뻗어나갔다. 그런데 그 두 개의 검이 부딪치려는 순간 적월의 검이 마치 살아 있는 뱀처럼 꾸물거리더니 한순간에 음양교 마인의 검을 휘어 감았다.

"헉!"

음양교 마인의 입에서 헛바람이 새어나왔다. 삽시간에 자신의 검에 대한 통제력을 잃어버렸기 때문이다.

그리고 그 순간 적월의 검이 그의 사혈을 찔렀다.

"큭!"

음양교 마인 입에서 신음 소리가 흘러나오면서 그가 주춤 뒤로 물러났다.

"네, 네놈… 대체……."

음양교의 마인의 자신에게 일어난 일을 도저히 이해할 수 없다는 듯 흔들리는 검을 들어 적월을 가리켰다.

"그래도 당신은 생각보다 강하군."

불파일맥의 일살검에 당하고도 단번에 숨이 끊어지지 않은 상대를 보며 적월이 중얼거렸다.

그러나 단번에 목숨이 끊어지지는 않았지만 음양교의 당주라는 사내가 죽어가는 것은 분명했다.

"대체… 누구냐?"

음양교의 당주가 죽어가면서 적월의 정체를 물었다.

"난 불사 나왕의 제자 적월이라고 한다."

적월이 나직하게 대답했다.

"불사 나왕의 제자?"

"그러니까 당신이 억울해할 이유는 없어. 당신 정도는 이길 자격이 되는 사람이니까."

적월이 다시 말했다.

"불사… 나왕……."

음양교의 당주가 불사 나왕의 이름을 웅얼거리다가 힘없이 머리를 떨궜다. 늦은 죽음이 그를 찾아온 것이다.

상대가 숨을 거두자 적월이 화명과 수월을 보며 말했다.

"다른 자들은 두 분이 감당하실 수 있겠지요?"

그러자 두 여인이 엉겁결에 고개를 끄떡였다. 그러자 적월이 다시 말했다.

"저분도 부탁드립니다."

적월의 춘몽원주 연빈을 가리켰다.

"그러지요. 도움에 감사드려요."

정신을 차린 화명이 대답했다.

"그럼 전!"

적월이 가볍게 고개를 숙여 보인 후 훌쩍 몸을 날려 다시 누 각 위로 올라갔다.

그러자 수월이 나직하게 중얼거렸다.

"불사 나왕, 불사 나왕하더니 정말 그의 명성이 헛된 것이 아 니었구나. 그의 어린 제자가 이 정도인데 정작 불사 나왕의 무공 은 얼마나 강할까."

수월의 말에 화명이 대답했다.

"누구는 그를 천하십대고수에 꼽기도 하니까."

"그런 사람이 왜 청부업을 할까?"

수월이 다시 물었다.

"글쎄… 그야 각자 사정이 있으니까. 우리처럼……."

화명의 표정이 밝지 않다.

그러자 수월이 갑자기 눈빛을 반짝이며 물었다.

"그가 청부업을 한다면 우리도 그에게 청부를 할 수 있지 않 을까?"

"우리 일을?"

"응."

수월이 고개를 끄떡였다.

"하지만……."

화명이 망설인다.

"생각해 봐. 그러면 정말 큰 도움이 될 거야."

"그러나 그와 십이천문은 무척 비싼 사람들이야. 북화문에서도 큰 대가를 치렀다고."

"우리도 그 대가를 치르면 되지."

"어떻게?"

화명이 되물었다.

그러자 수월이 차가운 눈빛을 흘리며 말했다.

"잊었어? 이번 출행에서 얻은 것 말이야."

"그 천 조각? 하지만 그게… 그게 도움이 될까?"

화명이 자신 없는 표정으로 물었다.

그러자 수월이 대답했다.

"자왕이란 사람이 찾는 물건이라면 일단 관심은 끌 수 있을 거야. 그렇게 되면 설혹 그게 그리 중요한 물건이 아니더라도 일단 청부의 운은 띄울 수 있지. 그리고 일단 우리 본 가에 돌아갈 수 있다면 청부금은 마련할 수 있지 않을까?"

"…그렇기는 하지. 흐린 기억 속에도 우리가 살던 집은 굉장히 화려했으니까."

화명이 무겁게 고개를 끄떡였다.

"아무튼 그 일은 나중 일이고. 일단 이 싸움을 이겨야지."

그러자 화명이 한숨을 쉬며 말했다.

"그러게 말이야. 하지만 쉽지 않을 것 같아. 이미 전세가 기운 듯하니……."

적월이 누각 위로 되돌아왔을 때 장내의 전세는 북화문에 크게 불리하게 돌아가고 있었다.

적월은 음양교의 법사들이 환술로 만들어내는 흑운 덩어리를 수월하게 와해시켰지만, 북화문의 문도들에게는 그 흑운 덩어리들을 깰 수 있는 무공이 없었다.

일단 흑운에 말려들면 북화문의 문도들은 속절없이 죽거나 혹은 음양교의 포로가 되었다.

이미 칠화 중에서도 오화 흑수란이 적에게 사로잡힌 상태였고, 다른 칠화들도 사정이 좋지 않았다.

"좋지 않네요."

누각으로 돌아온 적월이 불사 나왕을 보며 말했다.

"음, 그녀는?"

"안전해요."

"수고했다."

나왕은 적월이 연빈을 구하기 위해 움직인 것을 알고 있었다.

"결국 화공은 실패한 것일까요?"

"글쎄… 이렇게 늦어진다는 것은 문제가 생겼다는 뜻이겠지."

"그럼 이제 어쩌죠? 화공이 아니라면 전세를 돌릴 만한 방법이 없을 것 같은데요."

적월이 걱정스러운 표정으로 물었다.

"지금으로썬 오직 한 가지 방법만 있다고 할 수 있다."

"어떤 방법이요?"

"인왕 홍광을 제압하는 거지."

나왕의 말에 적월이 놀란 표정으로 나왕을 바라봤다. 그러고는 조심스럽게 물었다.

"그를 잡으시려고요?"

"후우… 나서고 싶지 않았지만, 이대로 북화문이 무너지는 것을 두고 볼 수는 없는 일 아니냐. 청부를 받은 입장에서……."

"그렇기는 하지요. 하지만……."

적월이 걱정스러운 표정으로 고개를 들어 장원을 가득 메운 검은 구름과 그 너머 허물어진 정문 근처에 오연하게 서 있는 인왕 홍광을 바라봤다.

불사 나왕과 인왕 홍광 두 사람이 겨룬다면 크게 걱정할 일은 아니었다. 적월은 불사 나왕의 무공을 믿고 있었다. 그의 생각에 불사 나왕이 인왕 홍광에게 패할 일은 없었다.

그러나 지금 장내의 상황은 불사 나왕이 홀로 인왕 홍광을 상대할 기회를 만들기 힘들었다.

이미 장내의 전세가 완벽하게 음양교 쪽으로 기울어진 상황에서 인왕 홍광을 상대하려면 적진을 뚫고 그에게 다가가야 할 것이고, 그러자면 수많은 음양교 고수들이 나왕에게 몰려들 것이기 때문이었다.

그렇게 된다면 아무리 불사 나왕이라도 승부를 자신할 수 없었다. 그리고 그런 위험한 싸움에 불사 나왕 혼자 보낼 수는 없는 적월이었다.

"함께해 봐요."

적월이 다부진 목소리로 말했다.

"아니, 나 혼자 한다."

나왕이 단호하게 대답했다.

"사부님을 혼자 보낼 수는 없어요. 단번에 음양교 마인들이 벌 떼처럼 달려들 텐데요."

"그러니 그 위험한 일을 널 데리고 할 수는 없지 않느냐?"

나왕이 적월을 보며 물었다.

그러자 적월도 지지 않고 대답했다.

"설마 제가 뒤에 남아 사부님이 홀로 위험에 빠지는 걸 보고 있을 거라 생각하시는 건 아니죠?"

"이 녀석 고집은 정말… 어?"

나왕이 적월의 고집에 고개를 젓다 말고 갑자기 시선을 돌렸다.

그리고 그 순간, 갑자기 장원 동쪽의 담으로부터 뜨거운 불기운이 일어나더니 순식간에 장원의 중심을 향해 불기운이 땅을 가르며 번져오기 시작했다.

"화공인가요?"

적월이 반가운 표정으로 물었다.

"아마도 그런 것 같다. 늦기는 했지만 아주 늦은 것도 아니다. 이렇게 되면 변수를 만들 수 있을 것이다."

나왕도 기대 어린 시선으로 쓰러진 목책 근방으로 밀려오는 화염을 보며 말했다.

화르륵!

불길이 산처럼 솟구쳤다. 애초에 방책을 만들었던 나무들에 기름을 먹여놓았던 듯, 일단 불꽃이 무너진 방책에 닿자 불길은 무서운 속도로 번져 나갔다.

그러면서도 불길이 미치는 범위는 정확하게 공터 안이었고, 그 이외의 곳으로는 전혀 번져 나가지 않았다.

그리고 그 공터에는 음양교 마인들이 가득 모여 있었다.

"악!"

"피, 피해!"

일단 화공이 시작되자 장원을 장악하고 있던 검은 기운들이 곳곳에서 사라지기 시작했다.

마치 음양교 법사들이 만든 검은 기운이 불길을 끌어들이듯 그렇게 화염은 마인들의 검은 기운을 잠식해 들어갔다.

그 순간 북화문주 담교언의 날카로운 명령이 떨어졌다.

"암기와 화살을 모두 쏟아부어요."

담교언의 명에 따라 사방에서 암기와 화살이 쏟아졌다. 그동안 법사들이 만든 검은 기운의 보호를 받던 음양교 마인들이 곳곳에서 쓰러지기 시작했다.

그러자 순식간에 전세가 역전됐다. 방책을 넘어왔던 음양교 마인들은 화공이 시작되자 인왕 홍광과의 사이가 단절되어 북화문 문도들의 집중적인 공격을 받기 시작했다.

순식간에 장원이 음양교 마인들의 비명 소리로 가득 찼다.

"모두 주살하라. 한 놈도 살려두지 마라."

기세가 오른 북화문 문도들이 적들을 향해 가차 없이 살검을 휘둘렀다. 팔 할이 여인인 북화문 문도들의 무공은 사실 음양교의 마인들과 견주기에는 힘든 면이 있었으나, 전의를 잃은 음양교 마인들은 제대로 실력을 발휘하지 못하고 속절없이 쓰러져 갔다.

"어찌할까요?"

화염 너머에서 죽어가는 동료들을 보며 인왕 홍광의 제자 악소가 물었다.

"요수가 끝내 실패한 모양이군."

애초에 화공을 막기로 했던 사람은 북화문에서 간자 역할을 하고 있던 여제자 요수였다. 그런데 늦었지만 북화문의 화공이 시작되었으니 여제자 요수가 일을 그르친 것이 분명했다.

"그런 모양입니다."

"쓸모없는 것 같으니……."

홍광이 차갑게 말했다.

"일단 물러날까요?"

"어리석은 소리, 오늘 물러나면 다신 기회가 없다. 저 계집들이 우리의 정체를 무림에 알린 이상 오늘 밤이 지나면 천하의 고수들이 우리를 공격할 거야. 그러니 기회는 오늘뿐이다. 이곳을 떠나는 즉시 우리는 바다로 나간다."

"하지만……."

"물론 애초의 목적을 다 이룰 수는 없다. 이런 상황에서 칠화를 모두 제압하는 것은 어렵지. 하지만 오늘 반드시 북화문을 멸문시키기는 해야겠다. 그래야 분이 풀릴 것 같아. 그리고 적어도 문주란 계집은 데려가야겠다."

홍광이 차가운 살광을 흘려내며 말했다.

"알겠습니다."

한 번 내린 결정을 번복할 리 없는 사부임을 알기에 악소가 순순히 대답했다.

"모든 당주들을 동원해 계집들을 공격한다. 불길이 담장까지는 번지지 않으니 담장 아래를 따라 누각까지 전진하라."

"예. 사부!"

"계집들이 분산되면 내가 직접 담가 년을 잡으러 가겠다."

"알겠습니다."

악소가 다시 대답했다.

"시작해!"

홍광의 명이 떨어지자 악소가 고개를 숙여 보이고는 음양교의 마인들을 향해 달려가며 외쳤다.

"오늘 북화문을 멸문시킨다! 모두 죽여라!"

제10장
난 불사 나왕이다

　잠시 멈췄던 음양교 마인들의 공격이 다시 시작됐다. 그리고 이번 공격은 처음과 달랐다.

　앞서 음양교 법사들을 앞세운 공격은 북화문의 문도들을 사로잡으려는 의도가 강했으나, 두 번째 공격에선 음양교 마인들의 살성이 온전히 드러났다.

　물론 북화문 쪽에도 유리한 것이 있었다. 장원의 중심, 애초에 북화문의 함정이 도사리고 있던 곳이 화염에 휩싸여 적의 진입을 차단하고 있었고, 음양교 법사들의 환술도 더 이상 없었다.

　싸움은 치열했다. 불길이 미치지 않는 장원의 담장 아래쪽을 따라 진격하는 음양교 마인들과 그들을 저지하는 북화문 문도들의 격돌은 순식간에 장내를 혈하로 만들었다.

　그리고 그 와중에 인왕 홍광이 움직였다.

탓!

홍광이 가볍게 땅을 구르는 순간 그의 몸이 반 자 정도 떠오르면서 지면을 미끄러지듯 전진했다. 그는 무모하게도 사람 키를 넘는 화마 속으로 자신을 밀어 넣었다.

화르륵!

한순간 홍광의 몸이 화염에 휩싸인 듯 보였다. 그러나 곧이어 마치 진기의 막으로 화염을 막아내는 듯한 홍광의 모습이 보였다.

그는 진기를 일으켜 화염이 일정한 거리 안으로 들어오지 못하게 막으면서 무서운 속도로 장원을 가로질렀다.

불타오르는 불길도, 무너진 방책도 그에겐 어떤 방해도 되지 않았다. 그리고 그가 향하는 곳에 북화문주 담교언이 있었다.

그런 홍광의 뒤를 그의 제자 악소와 탈혼문의 수장 사풍객 범잔이 뒤떨어지지 않고 따르고 있었다.

"선택하시오. 그를 상대하겠소, 아니면 저들을 수중에 있는 오화를 구하시겠소?"

불사 나왕이 무서운 속도로 다가오는 홍광을 보며 물었다.

그러자 담교언이 잠시 망설이다 대답했다.

"그를 상대하고 싶은 생각도 있지만, 저로서는 승패를 장담할 수 없군요. 불사께서 수고를 해주시겠습니까?"

담교언의 대답에 나왕은 역시 담교언이라고 생각했다. 보통 사람이라면 싸움의 기운에 취해 호승심을 드러낼 수도 있겠지만, 그녀는 여전히 냉정함을 유지하고 있었다.

"알겠소이다. 그럼 오화를 구하는 것은 그대의 몫이오."

"알겠어요."

나왕의 말에 담교언이 고개를 끄떡였다.

그러자 나왕이 이번에는 적월을 보며 말했다.

"그의 제자란 놈을 맡아라."

"예, 사부!"

"탈혼문의 수장이란 자는 저희들이 맡지요."

어느새 연빈과 함께 누각으로 올라온 화명과 수월이 전의를 드러내며 말했다.

그러자 나왕이 되물었다.

"괜찮겠소?"

"살수로서의 싸움이라면 충분히!"

화명이 대답했다.

나왕이 두 여고수의 눈빛을 잠시 살피고는 말없이 고개를 끄떡여 동의했다.

그즈음 불타는 방책을 날아 넘은 인왕 홍광이 누각으로 날아오르며 소리쳤다.

"난 음양교의 인왕 홍광이다. 북화문의 문주는 감히 날 상대할 용기가 있느냐?"

콰아아!

호통을 치며 날아오른 홍광의 검이 담교언을 향해 일직선으로 뻗어왔다. 강전처럼 날아드는 홍광의 검기가 한순간에 담교언의 심장을 관통할 것처럼 보였다.

그 순간 불사 나왕이 움직였다.

불사 나왕이 한 발을 앞으로 내밀며 자신의 검으로 빈 허공을 내리그었다.

콰아!

나왕의 검에 일어난 검기가 폭포수처럼 일어나 날아오르는 인왕 홍광을 향해 떨어져 내렸다.

그러자 홍광이 허공에서 재빨리 검로를 바꿔 불사 나왕의 검기를 막았다.

콰앙!

두 개의 검기가 누각 바로 앞에서 충돌했다.

"흡!"

검기와 검기가 충돌하는 순간 인왕 홍광의 입에서 숨이 막힌 듯한 목소리가 흘러나오더니 그의 몸이 누각 아래로 밀려 내려 갔다. 그러자 불사 나왕이 훌쩍 몸을 날려 홍광을 따라 누각을 날아 내렸다.

"불사 나왕… 이제야 나서는군."

등 뒤에서 타오르는 화염 앞에서 인왕 홍광이 기다리던 상대가 나타났다는 듯 차가운 미소를 지었다.

"이런 일이 없기를 바랐지."

불사 나왕이 중얼거렸다.

"음양교의 행사를 방해하면서 나와 싸우지 않기를 바랐다고? 역시 정파 나부랭이들은 모두 위선자들인가?"

"단지 당신이 힘의 부족함을 알고 스스로 물러가길 바랐다는 뜻이다."

불사 나왕이 오연한 표정으로 말했다. 이때만큼은 그가 천하에서 제일 못생긴 사람 중 한 명이라는 사실이 믿겨지지 않을 만큼 큰 인물로 보이는 나왕이었다.

그런 나왕의 기세에 홍광도 긴장이 되는지 재차 호흡을 가다
듬고는 다시 말했다.

"불사 나왕! 과거 마웅들의 봉기 때 그대 손에 죽어간 형제들
이 한둘이 아니지."

"당신은 운이 좋게 날 만나지 않았고."

나왕이 지지 않고 대답했다.

그러자 홍광이 싸늘한 미소를 지으며 말했다.

"누가 운이 좋았는지는 두고 보면 알겠지. 아무튼 그대가 나
선다 해도 이 싸움의 결과는 바뀌지 않아. 그대 한 사람의 손만
묶어놓으면 나의 음양교 수하들이 북화문의 계집들을 도륙하는
것은 어렵지 않을 테니까."

홍광은 나왕을 상대로 승리를 거두는 것보다 그를 자신에게
묶어두는 것 정도로 만족하는 듯 보였다. 그사이 음양교의 마인
들이 북화문을 멸문시킬 수 있다는 자신감이 있는 것이다.

그러자 나왕이 대답했다.

"어리석군. 싸움에는 항상 변수가 있다는 걸 생각지 못하다
니. 내가 장담하지. 지금 이곳에는 나와 견줄 수 있는 고수가 적
어도 셋은 더 있다. 그들이 나선다면 멸문하는 것은 북화문이
아니라 음양교가 될 것이다. 그러니 지금이라도 부족함을 알고
물러나라."

"훗, 설마 그 말을 지금 믿으라고 하는 건 아니겠지? 혹자는
그대를 천하십대고수의 반열에 올리기도 하더군. 그렇다면 지금
이곳에 천하십대고수 중 넷이 있다는 소리인가? 그게 얼마나 허

황된 말인지 스스로 잘 알고 있을 텐데?"

홍광이 반문하는 그때 갑자기 그들과 조금 떨어진 곳에서 그의 제자 악소의 다급한 목소리가 들렸다.

"웃! 네, 네놈은?"

제자 악소의 다급성에 홍광이 재빨리 시선을 돌렸다. 그러자 자신의 제자가 한 젊은 청년에게 밀려 연신 뒤로 물러나고 있는 것이 보였다.

"대체… 저놈은?"

홍광이 믿을 수 없다는 듯 중얼거렸다. 그는 자신이 불사 나왕을 상대하는 사이 그의 제자 악소와 탈혼문의 고수 사풍객 범잔이 북화문의 여고수들을 충분히 도륙할 거라 생각했다. 그래서 나왕이 나타났어도 이 싸움에서 결국 자신들이 승리할 것을 믿어 의심치 않았던 것이다.

그런데 생각지도 못한 일이 벌어지고 있었다. 자신의 제자 악소가 스물이 될까 말까 한 청년에게 연신 밀리고 있지 않은가.

"저 아이가 내가 말한 사람들 중 한 명이다."

불사 나왕이 말했다.

"대체 저놈이 누구냐?"

"내 제자지. 후후, 재미있군. 나의 제자가 그대의 제자를, 내가 그대를… 오늘은 우리 사제(師弟)가 그대들 사제 두 사람을 동시에 제압하는 흥미로운 날이 될 거야."

나왕의 말에 인왕 홍광의 눈에서 분노의 빛이 번쩍였다.

"네게 그럴 능력이 있을 것 같으냐?"

홍광이 나왕을 노려보며 으르렁댔다.

그러자 나왕이 홍광을 향해 검을 겨누며 말했다.

"당연하지. 왜냐하면 내가 바로 마졸들에게 죽음의 사신으로 불린 불사 나왕이니까!"

나왕이 홍광을 향해 일검을 뻗었다.

촤악!

장원의 뜨거운 열기를 뚫고 불사 나왕의 검이 홍광을 향해 뻗어나갔다. 그러자 홍광이 검을 든 손과 다른 손을 동시에 휘둘렀다.

후우웅!

한순간 그의 손길에 따라 검은 기운이 그의 앞을 가렸다.

팟!

불사 나왕의 검이 홍광이 만들어낸 검은 기운의 한 자락을 잘랐으나 홍광의 몸을 베지는 못했다.

그 순간 검은 기운 속에서 불쑥 홍광의 검이 삐져나왔다. 음양교의 환술과 검술을 교묘하게 배합한 이 공격은 불사 나왕조차도 감히 무시할 수 없는 것이었다.

불사 나왕의 몸이 검과 함께 회전했다. 그러자 홍광이 뻗어낸 검과 그 검을 따라온 검은 기운이 나왕의 몸에 닿기 전에 허공으로 튕겨져 나갔다.

"역시 불사 나왕이구나. 그러나 오늘의 승부는 쉽지 않을 것이다."

홍광이 흑운의 기운 속에서 소리치자 그를 에워싼 검은 기운이 거대한 짐승처럼 커지기 시작했다.

태산처럼 일어난 홍광의 검은 기운이 마치 살아 있는 괴물처럼 불사 나왕을 향해 폭사하기 시작했다.

순간 불사 나왕이 훌쩍 뒤로 물러나면서 검을 거뒀다.

이상한 일이었다. 적의 공격이 극에 달한 지금 검을 거둔다는 것은 패배를 자초하는 일이기 때문이었다.

그런데 그 순간 불사 나왕이 자유로워진 두 손을 허공에 대고 어지럽게 휘둘렀다. 그러자 그의 손에서 한순간에 일백 개에 이르는 수영(手影)이 만들어지더니 그 하나하나가 화살처럼 강렬한 힘을 가지고 홍광을 향해 날아가기 시작했다.

불파일맥의 백화수가 드디어 불사 나왕의 손에서 완벽한 모습으로 펼쳐진 것이다.

쿠쿠쿵!

홍광의 검은 기운과 격돌한 불사 나왕의 백화수가 어지럽게 터져 나갔다.

눈 깜짝할 사이에 벌어진 일백 번의 충돌, 그리고 그 충돌이 일어나는 동안 홍광의 검은 기운은 계속해서 뒤로 밀렸다. 그리고 급기야 그가 일으킨 기운이 등 뒤 방책에서 타오르는 화염에 닿았다.

화르륵!

검은 기운이 닿자 화염이 마치 기름을 부은 것처럼 더 강렬하게 타올랐다. 그러자 검은 기운이 순식간에 옅어지면서 당혹해하는 홍광의 모습이 눈에 들어왔다.

그런 홍광을 향해 나왕이 전진했다. 그의 손에는 다시 검이 들려 있었다.

콰아아!

강력한 진기를 머금은 나왕의 검이 홍광의 심장을 노리고 파고들었다.

"놈!"

당황한 홍광의 입에서 욕설이 터져 나왔다. 그러면서도 번개처럼 검을 휘둘렀다.

쿠웅!

홍광의 검이 나왕이 아니라 불타는 방책의 나무 기둥으로 향했다. 그러자 그의 검기에 말려든 나무 기둥이 화염에 휩싸인 채 나왕을 향해 날아갔다.

"일살!"

나왕의 입에서 나직한 기합성이 터져 나왔다.

그러자 나왕의 검이 자신의 앞으로 닥쳐드는 불타는 통나무를 그대로 잘라갔다.

쩍!

얼음 갈라지는 소리가 터져 나오면서 불타는 통나무가 반으로 갈라졌다.

통나무를 가른 후에도 나왕의 검은 힘을 잃지 않았다. 검신에서 뻗어 나온 검기가 관통할 듯 홍광의 심장을 파고들었다.

"혼돈장!"

자신의 가슴을 파고드는 나왕의 검을 보며 홍광이 다급하게 외쳤다.

그러자 흩어지던 검은 기운이 한곳으로 모여들었다. 나왕의 검은 정확하게 그 검은 기운의 중심을 파고들었다.

퍽!

한순간 둔탁한 소음이 일어났다.

"억!"

뒤를 이어 홍광의 신음 소리도 들렸다.

잠시 후 검은 기운이 사라지고 어깨 어림을 찔려 비틀거리는 홍광의 모습이 드러났다.

"끝이다!"

나왕이 차갑게 외치며 이번에는 검을 횡으로 휘둘렀다. 그의 검이 그와 홍광 사이의 공기를 아래위로 가르며 홍광의 목을 베어갔다.

순간 홍광이 쓰러지듯 뒤로 몸을 뒤로 눕혔다.

"혼돈무!"

홍광의 입에서 재차 기합성이 터져 나왔다. 그러자 갑자기 사방에서 타오르던 불길이 그의 몸을 휘감았다.

팟!

순간 나왕의 검 끝에서 날카로운 파열음이 일어났다. 뒤를 이어 홍광이 마치 화인(火人)이 된 것처럼 불길에 휩싸인 채, 장원의 정문 쪽으로 순식간에 물러났다.

"운이 좋구나!"

나왕이 소리치며 홍광을 쫓으려는 순간 갑자기 정문 쪽에 대기하고 있던 음양교의 법사들이 일제히 앞으로 돌진하며 알 수 없는 주문을 외쳐댔다.

그러자 무섭게 일어난 검은 기운이 불길을 밀어내면서 나왕의 길을 막았다.

"이런 사술 따위! 핫!"

나왕이 한마디 기합성을 터뜨리면서 검은 기운을 향해 벼락처럼 검을 휘둘렀다.

"악!"

"크억!"

나왕의 검이 파고든 검은 기운 속에서 연달아 비명이 터져 나왔다. 뒤를 이어 환술을 사용해 나왕의 전진을 막던 음양교 법사들이 사방으로 흩어졌다.

길이 열리자 나왕이 훌쩍 날아올라 정문 앞으로 내려섰다. 그 순간 어느새 장원에서 멀리 물러난 인왕 홍광의 목소리가 들렸다.

"불사 나왕! 오늘의 원한을 잊지 않겠다. 살아 있는 동안 반드시 널 다시 찾아오겠다."

도주를 하면서도 저주를 퍼부어대는 홍광의 모습을 본 불사 나왕이 피식 실소를 흘렸다.

"이 어리석은 인간아. 내일부터 넌 제대로 숨도 쉬지 못하고 살아야 할 것이다. 구패가 모두 널 쫓을 텐데 과연 살아서 다시 날 찾아올 수 있겠느냐?"

물론 그 말을 홍광이 들었는지는 알 수 없었다.

어쨌든 홍광의 도주로 인해 북화문에 불어닥친 혈난은 끝이 난 것이나 다름없었다. 이미 홍광의 도주를 눈치챈 음양교 마인들이 사방으로 흩어져 메뚜기 떼처럼 도주하고 있었다.

여전히 싸움을 하고 있는 사람들은 두 무리밖에 없었는데, 거의 상대를 제압한 적월과 역시 승기를 잡고 적을 옥죄이고 있는 화명과 수월 두 사람이었다.

"추격하지 마세요!"

적의 도주가 시작되자 그동안 당한 것을 분풀이하려는 듯 추격에 나서는 북화문의 문도들을 문주 담교언이 급히 멈춰 세웠다.

담교언의 명이 떨어지자 장원을 벗어나려던 북화문의 문도들이 일제히 추격을 멈추고 서둘러 장원 안으로 돌아왔다.

"사방의 경계를 철저히 하고 먼저 불을 꺼요!"

다시 담교언의 명이 떨어졌다.

그러자 북화문의 문도 일부는 담장 위로 올라서 주위를 경계하고 대다수의 문도들이 칠화들의 지시에 따라 서둘러 불길을 잡기 시작했다.

"대협! 몸은 괜찮으십니까?"

북화문의 문도들이 불을 끄기 시작하자 담교언이 한 여인을 부축해 나왕 곁으로 다가서며 물었다.

"난 괜찮소. 오화께선……"

나왕이 걱정스러운 표정으로 물었다. 담교언의 부축을 받고 있는 오화 흑수란은 거의 정신을 잃을 정도로 기력이 없어 보였다.

"바로 치료를 해야 할 것 같습니다."

"음… 걱정이구려."

"저는 일단 오화를 먼저 치료하겠습니다."

"그러시오. 혹, 도움이 필요하면 말씀하시구려."

"감사합니다. 장내의 상황을 조금만 더 살펴주시면 고맙겠습니다."

담교언이 여전히 싸움 중에 있는 적월과 화명, 수월 두 여고
수 쪽을 보며 말했다.

"알겠소이다. 저들은 내게 맡기시오. 물론 손을 쓸 필요는 없
을 것 같지만."

"다시 한번 감사드려요. 인사는 추후에 다시 드리지요."

담교언이 재차 고개를 숙여 보이고는 오화 흑수란을 안고 급
하게 장원 안쪽으로 들어갔다.

그러자 나왕이 적월에게로 시선을 돌리며 중얼거렸다.

"녀석, 뭘 저렇게 오래 끌어."

"헉헉!"

인왕 홍광의 제자 악소의 입에서 가쁜 숨이 흘러나왔다. 검으
로 몸을 지탱하며 서 있는 그의 몸이 계속 흔들리고 있었다.

누구라도 툭 건드리기만 하면 땅에 쓰러지고 말 것 같은 모습
을 한 그가 불안한 눈으로 주위를 돌아왔다.

그러나 그 어디에도 자신을 도와줄 사람은 보이지 않았다. 사
부 홍광은 도주한 지 오래고, 탈혼문의 후예 사풍객 범잔도 자
기 한 목숨 지키기 어려워 보였다.

"그만 검을 거둬요."

적월이 더 이상 손을 쓰지 않겠다는 듯 악소에게 말했다.

"살려주겠다고?"

악소가 물었다.

"그야 북화문에서 결정하겠죠."

"후후, 그럼 죽은 목숨이군. 그 계집들이 날 살려둘 리 없지.

내 손에 죽은 북화문의 계집이 여럿이니…….”

그러자 어느새 적월 곁으로 다가선 나왕이 말했다.

“그야 또 모르는 일이지.”

“크크크, 이거 설상가상인가? 이 어린놈도 상대하기 어려운데 불사 나왕이라니. 젠장! 잘난 사부조차 도주했으니 믿을 게 없군.”

악소가 투덜거렸다.

이런 상황에서도 투덜대는 것을 보면, 어쩌면 배포는 그의 사부 홍광보다 큰 사람일 수도 있겠다고 적월은 생각했다.

“도와줄 사람은 없다. 그러나 살 기회가 아주 없지는 않다는 게 내 생각이야.”

나왕이 다시 말했다.

“어떻게 말이오?”

악소가 물었다.

“정말 모두 죽었나?”

“…….”

“앞서 납치해 간 북화문의 루주들 말이야. 그중 살아 있는 사람이 한 사람도 없나?”

“아! 그러고 보니! 흐흐흐, 이거 거래가 되겠군.”

악소의 얼굴에 한 줄기 미소가 떠올랐다.

아마도 앞서 홍광이 말한 것과는 달리 납치해 간 루주들 중 살아 있는 사람이 있는 모양이었다.

“그렇다고 너무 큰 기대는 하지 말고, 목숨 구하는 정도일 거야.”

"흐흐흐, 그야 흥정하기 나름 아니겠소?"

악소가 능글맞은 웃음을 흘렸다.

"뭐, 그야 내가 관여할 바가 아니지. 하지만 한 가지 충고를 하자면, 내가 본 북화문주는 절대 그대나 그대의 사부 아래가 아니야. 독한 면에서 말이야. 그러니 괜한 고통을 자초하지 말고 잘 판단하도록! 아무튼… 검은 이제 내려놓는 건가?"

나왕이 물었다.

"나쁘지 않지."

악소가 기꺼이 검을 거뒀다. 이런 그의 행동은 그가 명분이 아니라 득실에 따라 행보를 결정하는 사람이란 것을 분명하게 보여주는 것이었다.

악소가 검을 내려놓는 순간 나왕이 바람처럼 움직여 그의 혈도를 제압했다.

"큭!"

악소가 마혈을 제압당하고는 그 자리에 풀썩 눌러 앉았다. 순간 그는 검을 버린 자신을 너무 거칠게 대하는 것 아니냐고 항의하려 입을 열려다가 아혈도 제압되어 말도 할 수 없게 되었다는 것을 깨달았다.

악소가 분노의 시선으로 나왕을 노려봤다.

"그대 같은 작자와 말을 섞는 것은 귀찮은 일이지. 북화문주를 만날 때까지는 조용히 있어."

나왕이 친절하게 자신이 그의 아혈까지 제압한 이유를 설명하는데 갑자기 옆에서 묵직한 신음 소리가 들렸다.

"욱!"

비명 소리를 듣고 나왕이 시선을 돌렸다. 그러자 탈혼문의 사풍객 범잔이 화명과 수월 두 여고수 사이에서 허물어지는 모습이 보였다.

쿵!

사풍객 범잔이 검은 그을음이 가득한 장원 바닥에 나뒹굴었다.

"죽었소?"

나왕이 물었다. 그러자 화명이 대답했다.

"굳이 살리자면 살릴 수는 있겠지요. 하지만……."

"사람 구실 하기는 힘들다?"

나왕이 다시 묻자 화명이 고개를 끄떡였다.

"상관없소. 목숨은 붙여두시오."

나왕이 다시 말했다.

"굳이 이런 자를 살려둘 필요가 있나요?"

나왕이 지나치게 관대함을 보인다고 생각했는지 수월이 의아한 표정으로 물었다.

그러자 나왕이 대답했다.

"물론 그런 자에게 동정심을 가질 생각은 없소. 하지만 그런 자라도 북화문에는 무척 쓸모가 있을 거요. 여러모로……."

"……."

사풍객 같은 자가 어떤 쓸모가 있는지 알 수 없다는 듯 수월과 화명이 눈빛으로 나왕에게 물었다. 그러자 나왕이 나직하게 미소를 지으며 말했다.

"두고 보면 아실 거요. 자, 이제 싸움은 끝났구먼… 장원을 정리하는 일이야 북화문이 할 일이고. 우린 어디 가서 좀 쉬자."

나왕이 적월에게 말했다.

"알았어요. 그런데 숙부님과 고모님은 어디 계신 거죠?"

"몰랐느냐?"

"예?"

적월이 되물었다.

"두 사람은 벌써부터 자신들의 일을 끝내고 지붕 위에서 싸움 구경을 하고 있었단다. 특히 네 싸움을."

나왕이 장원의 동쪽 건물 지붕 위를 가리켰다.

적월이 시선을 돌리자 자왕 사송과 유왕 서리가 지붕에 나란히 앉아 달빛을 받으며 적월에게 손은 흔들어 보였다.

"팔자 좋은 분들이시군요."

"후후, 애초에 난전에 뛰어들 생각이 없었던 거지. 사실 십이 지방은 이런 난전에 관여하는 일이 거의 없었거든. 예전 칠마의 난 때에도……."

나왕의 말에 적월이 알겠다는 듯 고개를 끄떡였다.

"우리도 이제 좀 쉬자."

나왕이 적월의 어깨를 툭 치고는 슬쩍 발을 굴렀다. 그러자 그의 몸이 바람을 탄 듯 공터를 가로지르더니 한순간 허공으로 떠올라 자왕 사송과 유왕 서리가 있는 지붕으로 날아올랐다. 적월 역시 어느새 나왕의 뒤를 쫓고 있었다.

"어떻게 생각해?"

적월과 나왕이 장내를 벗어나자 화명이 수월에게 물었다.

"역시 불사야. 아주 적당해."

수월이 대답했다.

"그렇지? 나도 그렇게 생각해. 그럼 이제 문제는 어떻게 설득하느냐는 건데……"

화명이 난감한 표정을 지으며 말했다.

"일단 그 문양이, 천 조각이 얼마나 효과가 있을지 두고 보자고!"

"그래, 그러자. 어쨌든 이젠 드디어 우리도 북화문을 떠날 수 있게 되었구나. 후우……"

화명이 길게 한숨을 쉬었다.

*　　　　　　*　　　　　　*

어느새 새벽이 다가와 있었다.

매캐한 그을음 냄새와 아직 남아 있는 불씨에서 나는 연기가 새벽이 밝아오고 있음에도 불구하고 북화문의 장원을 을씨년스럽게 만들고 있었다.

북화문 문도들의 표정도 그리 밝지 않았다.

음양교 무리들의 공격을 예상보다 큰 승리와 함께 막아낸 것을 생각하면 의외의 모습이기도 했다.

그러나 승리에도 불구하고 그들의 마음을 무겁게 만드는 몇 가지 이유가 있었다.

화문이 만들어진 이후 남북화문으로 분열되는 혼란한 시기도 있었지만, 이렇게 외부의 적에게 노골적인 공격을 당한 것은 처음이었다. 그건 곧 어둠 속에서 은밀히 존재하던 북화문이 강호의 주목을 받게 되었다는 것을 의미한다.

세상의 그늘에서 살던 사람들에게 밝은 빛은 본능적인 두려움을 갖게 만든다.

그 밝은 세상의 빛 속에서 앞으로 북화문은 지금껏 그들이 살아왔던 방식과는 조금 다른 방법으로 살아야 할 것이다. 그 미지의 운명이 북화문 문도들의 마음을 무겁게 하는 첫 번째 이유였다.

하지만 아직 오지 않은 미래에 대한 두려움은 그래도 충분히 감당할 수 있었다. 특히 북화문의 문도들은 하나같이 고난의 과거를 가진 사람들이라 세상사의 어려움을 버티는 데는 이골이 난 사람들이기도 했다.

그런데 그런 북화문의 문도들을 견딜 수 없는 자괴감에 빠지게 만드는 일이 있었다.

그건 바로 이화 사령의 제자로 들어와 지난 십수 년 동안 북화문의 주요 인물로 성장한 서하, 본명이 요수인 배신자의 존재였다.

과거 음양교 인왕 홍광의 제자였다는 그녀가 이번 음양교 무리들의 도발에 가장 결정적인 역할을 한 것으로 알려지자, 북화문의 문도들은 큰 충격에 빠졌다.

인왕 홍광의 제자 악소를 사로잡고, 탈혼문의 후계자를 자청하는 사풍객 역시 반신불구로 만든 후 제압한 승리의 기쁨은 배신자 요수에 대한 충격으로 없는 일처럼 되어버렸다.

그중에서도 가장 충격인 큰 사람은 이화 사령이었다. 처음에 그녀는 제자 서하의 배신을 믿지 못했다.

십 년이 넘는 시간 동안 제자 서하는 사령의 자랑이었다. 뛰어난 재주를 가지고 있음에도 자신을 크게 드러내지 않는 겸손한 심성까지, 그런 서하의 모습은 사령으로 하여금 내심 제자 서하를 차기 북화문의 문주감으로까지 생각하게 만들었던 것이다.

그런 제자가 배신자일 뿐 아니라, 인왕 홍광의 제자였다는 사실을 사령으로서는 쉽게 받아들일 수 없었다.

하지만 그녀도 북화문주 담교언의 처소에 끌려와 스스로 자신의 정체를 실토하는 요수를 보고는 그녀의 배신을 믿을 수밖에 없었다.

"제발… 그 아이를 내 눈앞에서 치워주세요."

서하가 스스로 자신이 인왕의 제자이며 본명이 요수라고 밝혔을 때, 그리고 사령에게 오체투지하고 사죄의 절을 올렸을 때, 한동안 충격에 입을 열지 못하던 사령이 처음으로 한 말이었다.

서하가 끌려 나간 후에도 사령은 극심한 충격으로 기력을 잃은 듯 맥없이 앉아 있다가 결국 자신도 모임에서 먼저 떠나고 말았다.

그런 이화 사령의 모습은 북화문의 수뇌들인 칠화들을 더욱 우울하게 만들었다.

그러나 어쨌든 북화문에 찾아왔던 큰 위기가 지나간 것은 확실했다. 이제 그녀들은 북화문의 새로운 앞날을 계획해야 할 때였다.

그래서 문주 담교언을 비롯해 큰 부상을 입은 오화 흑수란과 육화 목단까지도 날이 밝고 해가 떠오른 지 한참 지난 정오 무렵까지 담교언의 처소에서 나오지 않았다.

그로 인해 적월 일행의 발도 계속 북화문에 묶여 있었다. 아침 일찍 어수선한 북화문을 떠나려던 당초의 계획이 틀어져 결국 정오가 지나서야 그들은 문주 담교언을 만나 작별을 고할 수 있었다.

담교언과 잠깐 만남을 가진 적월 일행은 서둘러 북화문을 떠났다. 담교언은 점심이라도 대접하겠다고 말했으나, 십이천문의 고수들은 그 청까지 거절하고 서둘러 북화문을 나섰다.

그렇게 떠나가는 십이천문 일행을 가장 안타깝게 바라보는 사람은 칠화 춘풍원주 연빈이었다.

"서운한가요?"

불탄 장원의 정문에서 십이천문의 고수들이 떠나는 모습을 지켜보고 있던 담교언이 칠화 연빈에게 물었다.

"글쎄요……."

연빈이 긍정도 부정도 하지 않았다.

그러자 담교언이 말했다.

"우리 같은 사람에게 사람에 대한 정은 가끔 독이 되기도 해요."

"알고 있습니다. 그리고 전 불사 대협에 대해 욕심은 없어요. 애초에 자격이 되지 않는 사람이니까요. 저 같은 게 불사 대협에게 욕심을 낸다면 그건 대협의 명예에 큰 흠이 될 겁니다."

연빈의 대답에 담교언은 깊은 한숨을 내쉬었다.

"후우… 그렇게까지 생각한다는 것 자체가 칠화가 불사 대협을 그만큼 아낀다는 뜻이겠지요."

"부인하지 않겠습니다. 전 불사 대협을 존경합니다. 그리고…
아무튼 불사 대협에게 어울리는 짝은 따로 있다고 생각합니다."

"글쎄요. 누가 그에게 어울릴까요?"

담교언이 되물었다.

"뭐… 북두산문의 문주 같은 사람이라면……."

"그 이야기를 알고 있었군요. 불사 대협이 그녀와 혼인을 하려
고 했었다는 걸……."

"……."

연빈은 침묵으로 대답을 대신했다.

그러자 담교언이 미소를 지으며 말했다.

"맞아요. 지금은 그냥 보내 드리는 게 칠화나 불사 대협 모두
에게 좋은 일이에요. 하지만 세상의 인연이란 종잡을 수 없지요.
앞으로 우리 북화문과 불사 대협의 십이천문은 계속 인연을 이
어가게 될 거예요. 그 와중에 두 분의 운명이 어찌 되나 두고 봅
시다."

담교언의 위로에도 연빈은 침묵을 지키며 멀어지는 나왕을 바
라보고 있었다.

＊　　　　　＊　　　　　＊

멀리 끝이 보이지 않는 강물이 유유히 흐르고 있었다. 십이천
문의 고수들은 그 강물의 흐름을 무심한 시선으로 좇고 있었다.

가파르게 이어지는 언덕길 중턱에 너른 바위가 있어서 제법

오래 걸은 일행에게 넉넉한 쉴 자리를 내어줬다. 바위 위쪽으로
는 서너 그루의 소나무가 얽히듯 가지를 뻗고 있어 따가운 가을
햇살을 가려주었다. 날이 좋다면 하룻밤 묵어가도 좋은 장소였
다.

"그자는 지금쯤 잡혔을까요?"

오랜 침묵 끝에 문득 적월이 입을 열었다.

"인왕 홍광?"

자왕이 되물었다.

"예."

"에이, 그렇게 쉽게 잡힐 사람은 아니지. 아마 제법 오랫동안
도망 다닐 거야."

그러자 적월이 고개를 끄떡이다가 나왕에게 물었다.

"사부님, 궁금한 게 있어요."

"응? 뭐가?"

나왕이 적월을 보며 말했다.

"왜 굳이 그자를 살려 보내주셨어요? 악소나 사풍객처럼 제압
하실 수도 있었잖아요?"

적월은 나왕이 인왕 홍광과의 싸움에서 충분히 그를 제압할
수 있었음을 알고 있었다.

악소와의 싸움에 얼마 정도 여유도 있었으므로 나왕과 홍광
의 대결을 주시하고 있었던 것이다.

"음… 춤을 출 광대가 필요하니까."

"춤을 출 광대요?"

"그렇단다. 만약 그자를 제압해 북화문에 넘겼다면 무림맹과

천하구패의 고수들이 모두 북화문으로 몰려왔을 거다. 북화문으로서는 무척 곤욕스러운 일이지. 그런데 홍광이 살아 도주를 했다고 하면 천하의 모든 고수들이 그를 쫓지 않겠느냐?"

"아하, 북화문을 무림의 시선에서 비껴나게 하려고 그리하신 거군요."

"북화문의 사람들은 세상의 그늘에서 살아온 사람들이다. 갑자기 태양에 노출되면 이내 시들어 버리게 마련이지. 어차피 노출은 되었어도 시간이 필요하다. 세상의 시선에 익숙해질 시간이……."

"그럼 악소와 사풍객은 왜 보내주지 않으셨어요?"

"그 정도 인물들을 제압할 힘이 북화문에 있다는 것도 무림에 알려줄 필요가 있으니까. 자신들을 지킬 힘은 가지고 있다는 세상에 대한 경고 같은 거랄까."

"미묘하군요. 모습을 감추는 것과 북화문의 힘을 증명하는 일 사이의 경계가……."

적월이 난감한 표정으로 말했다.

"아무튼 일이 되느라고 그리되었는지 모르지만 결국은 원하는 대로 된 거지."

자왕이 두 사람의 대화에 끼어들었다.

"뭐, 북화문의 일은 그렇다 치고, 사실 조금 아쉬운 일이 있어요."

적월이 말했다.

"뭐가?"

자왕이 물었다.

"그… 북화문 칠화이신 춘몽원주께서 자신의 주루들을 춘몽원이라 이름 붙인 이유를 짐작들 하시죠?"

"어허! 쓸데없는 소리!"

갑자기 나왕이 적월의 말을 끊었다. 그러자 이번에는 유왕 서리가 입을 열었다.

"불사께서 너무 매정하셨어요."

"아니, 유왕까지 왜 그러십니까?"

불사 나왕이 난감한 표정으로 물었다.

"춘몽원주께서 많은 것을 바라는 것도 아니고, 그저 식사 한 끼 정도 대접하고 싶은 모양이던데… 북화문주까지 나서서 청하시는 걸 그리 매정히 떠나시다니. 춘몽원이라는 이름은 분명 불사 대협과의 인연을 생각해서 지은 이름일 텐데요."

"글쎄, 그럴 만한 인연이 아니라니까 그러시는구려. 우린 그저… 흐흠!"

나왕이 말을 하다 말고 더 이상 그 문제를 거론하기 싫다는 듯 입을 닫았다.

그러자 자왕 사송이 짓궂게 물었다.

"설마 아직도 북두산문의 문주를 마음에 두고 계신 것이오?"

"허허, 자왕까지! 자자, 이제 이 못난 사람을 그만들 놀리시구려. 북두산문의 문주든 춘몽원주든 난 인연을 맺을 생각이 없으니까."

불사 나왕이 일부러 단호한 표정으로 말했다.

그러나 적월 등 세 사람은 오히려 그런 나왕의 반응이 재미있다는 듯 미소를 지으며 다시 그를 놀리려는데 갑자기 나왕이 큰 소리로 외쳤다.

"그쯤 따라왔으면 되었소. 이제 그만 이리 와보시오. 왜 우리를 따라왔는지 들어나 봅시다."

나왕의 외침에 자왕 사송과 유왕 서리가 놀란 표정을 지었다. 그리고 사송이 급히 나왕에게 물었다.

"불사께서도 알고 계셨구려?"

"두 분처럼 십 리 밖 사정은 모르지만, 겨우 백여 장 뒤에서 따라오는 사람을 눈치채지 못할 정도로 둔감하지는 않소. 더군다나 지금은 겨우 수십 장 거리이고."

나왕이 대답을 하며 시선을 돌렸다.

그러자 삼십여 장 떨어진 비탈길 아래에 서 있는 위태로운 바위 뒤에서 주춤거리며 모습을 드러내는 두 사람이 보였다. 모습을 드러낸 사람들은 북화문의 숨은 고수들이였던 화명과 수월이었다.

『십이천문』 4권에 계속…